初診受付
——早川、少しでもバズるといいけどな。
カメラ越しに俺はそう、祈りを捧げる。
そうでなければ、こんなにも必死に
頑張っている早川が不憫なので。

「ユウト。今、よろしいでしょうか」
クロ
「申し訳ないけど、あまり、よろしくない。うわっ！　はぁっ！」

緑川
目黒
「――そんなっ。あれは、ジェノサイドアント?」

CONTENTS

Presented by
Ponta Otete & kodamazon
Vol.1

レアモンスター？
それ、ただの害虫ですよ
～知らぬ間にダンジョン化した自宅での日常生活が配信されてバズったんですが～

御手々ぽんた

GA文庫

カバー・口絵　本文イラスト
kodamazon

▶LIVE

第1章　バズる

「また、こいつか」

俺《おれ》は古びた台所でため息をつく。

自転車で片道二時間の高校へ通う俺は、毎朝四時半には起きて、弁当を作るのが日課だ。

そんな忙しい早朝から、それの相手をしないといけない。

「やけに頑丈なんだよな。しかしいくら山で、古い家とはいえ、虫、湧《わ》き過ぎだろ。毎日じゃん……」

俺は台所に常備してある新聞紙を手に取る。ただの新聞紙ではない。きつくきつく丸めて棒状にした、これでもかと硬い逸品だ。

「名刀、新聞紙ソードの錆《さび》にしてくれる――」

――独り暮らしの独り言って、むなしいとわかってても、こう、つい口に出ちゃうんだよな。

そんなことを考えながら、床を這《は》い回るそれ――青っぽい色をした、短めの体軀《たいく》のゲジゲジらしき虫――に狙《ねら》いを定める。

俺は小さく振りかぶると、手首を使って鋭く新聞紙ソードを叩《たた》きつける。それも素早く、三度。

逃げようとするその青い虫へ、俺の三連続打撃がすべて決まる。静かな早朝に響く、バババンという音。その間、僅《わず》かコンマ一秒。

新聞紙ソードをどけると現れる、木っ端みじんの残骸。

「よっしゃ」

拳《こぶし》を握りしめ、俺は小さな勝利を味わう。

しかしすぐに時計を確認して、ため息をつく。朝は、忙しいのだ。俺はさっさと残骸を片付け、朝の準備を始めた。

◇
◆

「ねえ、ユウト」

「うん？」

二時間の自転車通学で軽く疲労した体を授業中に休めて、そのまま休憩時間に突入したところで、隣の席の早川《はやかわ》が俺の机に乗り出すようにして声をかけてくる。その動きに合わせて、彼女の軽く染められた毛先が揺れる。うちの高校は校則が緩めなこともあってか、女子たちは皆だいたい髪を染めているようだった。

その焦げ茶の髪に縁取られた早川の整った顔立ちは、どこかいたずらっ子のような表情を浮かべていた。

「ちょっと動画の配信、始めてみたんだ」

「へぇ、いいね。でもなんでまた？」

「来年は大学受験だしね。今のうちに、やりたいことやっとこうかなって。まあ、まずは練習。機材の扱い方とか。で、いつかは、ダンジョン動画の配信やりたいと思ってるの」

「早川なら、そこら辺こつこつと、着実にやってのけそうだなー」

ダンジョン動画の配信は今、ちょっとしたブームが来ていた。ダンジョンに潜り探索する様子がネットで配信され、カルト的な人気を博している、らしい。俺は全然詳しくはないのだが、十数年前に突如として出現したダンジョンの一部が、最近ようやく一般公開されたから起きているブームだと、前にニュースで見た気がする。

「ユウトはあんまり配信とか興味ない？」

「そんなことはないけど。でも、何を配信したらいいとか、全然わからないしな」

「楽しいよ。今なら、ほぼスマホだけでもできるし。ユウトなら、住んでる場所の周りを散歩する動画とか、山生活の動画とかでも見る人いるかも。そうだ。今度機材を新調する予定だからさ。古いのあげる」

「セレブめ。あと、断じて山生活ではない。その言い様だと、まるで俺の日常がキャンプみたいじゃないか」

「はいはい」

早川の家はそういえばなかなかの金持ちだった。ひとり親で、しかも海外を飛び回ってばかりの、全然帰ってこないうちのバカ親とは雲泥の差だ。今、俺が山奥に住んでいるのも、その父の趣味のせいだった。

「まあ、せっかくだし機材はもらっとくよ。しかしさすがにいくら山奥の家だからって日常生活の動画？　さすがに需要、ないだろ」

「そんなことないって。要は見せ方」

「うわー。早川が、いっぱしの配信者みたいなこと言ってる」

「にひひ。今に有名になるからー。じゃあ、明日にでも持ってくるね、機材」

「おう、よろしく」

ちょうどそこで休憩終わりのチャイムが鳴った。軽く手をあげて、彼女は自分の席に戻っていった。

◇
◆

「これが機材か。まあ軽くて良かった」

そう言って俺はカメラつきの小型ドローンをかえすがえす確認する。早川からもらったものを家で確認しているところだ。

「たしか、ドローンとスマホとマイクと連動させて。あ、何か出た。とりあえず全部ＯＫと――できたできた。で、あとは動画投稿サイトのアカウントをつくって……。名前は仮で『ゆうちゃんねる』とでもしておくか。よし、これであとはＡＩ制御で自動撮影してくれるのか。最近のは、すごいな」

スマホを操作すると、俺の手の中から、ふわりと浮かぶ小型ドローン。モーターとプロペラの音もそこまでうるさくない。

声は、耳につけた骨伝導マイクで録音するといいよと、早川から言われている。

「とはいえ、何を撮るかね。ああ。あれでいいか」

俺は台所へと向かう。

俺のスマホの位置情報を感知している小型ドローンがあとをついてくる。

夕方のこの時間は、いつも夕飯の準備をしている。そして朝と同様、毎度毎度、台所には例のあれがいるのだ。そう、青色のゲジゲジのような虫だ。

部屋に入りざまに俺は新聞紙ソードを手に取る。

そのまま流れるような動きで床を這い回る青色の虫に叩きつけようとして、動きをぴたっと止める。

「あー。これからあれを潰《つぶ》します」

俺はドローンのカメラの方を向くと、説明口調で告げ、新聞紙ソードを床へと向ける。

――これは、なかなか気恥ずかしいものがあるな。撮影されていると思うと、普段の独り言とはずいぶんと違う……。

俺が内心恥ずかしさで悶《もだ》えている間に、ＡＩ制御されたドローンは俺の動きと仕草から判断したのだろう、床の虫へとカメラを向ける。

――ＡＩ、すげーな。

俺はひとしきり感心すると、いつものように三連打を青色の虫へと叩き込《こ》む。逃げる仕草をするも、そんな動きはすべてお見通しだった。

あっという間に潰れる青色の虫。

新聞紙ソードをどかしたところへドローンが近づいてくる。

――へぇ。ちゃんと今が接写して映すタイミングとかも判断するんだ。

俺は再び感心すると虫の残骸の片付けをする。

気がつけばその様子も撮影しているドローン。

「あ、忘れてた『撮影終了』」

俺の声にドローンが自動で俺の部屋へと戻っていく。充電器のところにでも行くのだろう。

「さて、今日の夕飯はっと」

ドローンが視界から消えると、すっかり俺の意識からも消えてしまう。

俺はこの時、しっかりとドローンAIの設定を確認しておくべきだった。というのも、早川が使っていた時の設定のままとなっていたのだ。

早川は、撮影した際に非実行を告げないと、AIが撮影した動画を編集して、連動している動画投稿サイトのアカウントで自動的にアップする設定にしていた。

俺がのんきに夕飯の準備をしている間に、着々と進む動画編集。その映像をもとに、投稿用タグが自動でつけられていく。

『新聞紙』『駆除』そして、『ブルーメタルセンティピード』。

ただ、幸いなことに早川は個人情報保護レベルを最大にしていた。

この機能は俺の顔はもちろんのこと、動画内で身バレ、住所特定の手がかりになりそうな要素を自動で修正してくれる。

動画の俺の顔には、アニメ風の可愛《かわい》らしいクマのアイコンが、かぶさることとなる。早川の趣味で。

「いただきます！」

俺がちょうど食事を始めたタイミングで、動画がアップされる。

しかしまあ当然、無名の人間の動画だ。ほとんど閲覧されない。最初のうちは。

時が流れる。
俺が風呂《ふろ》に入り、翌朝の早起きに備えて寝てしまった後のことだった。とある上位ランカーのダンジョン探索者がタグをたどって俺の動画を閲覧する。そう、『ブルーメタルセンティピード』のタグだ。
そして騒ぎが起こる。

【とあるＳＮＳサイト】

《タロマロ@tar0mar0》30分前
これってまさか、ブルーメタルセンティピードか？
mytuve.com/yuuchannel/542875163/56
○25　⇔221　☆532

《回下印焔《カイカインホムラ》@KaikainHO》29分前
ちっす。タロマロさん。うわ、本物、これ？
ブルーメタルセンティピードって
経験値激高の超レアモンスだよね

というか場所、台所に見えるんですが？
○1　⇔25　☆45

《タロマロ@tar0mar0》28分前
俺も台所に見える。あり得んことだが
持ち帰ったのか？
それに見たか、新聞紙で潰してるよな
あの超硬いブルメタを
○1　⇔10　☆25

《回下印焔@KaikainHO》20分前
あー。確かに
ちょっと動画解析してみたんすけど、
合成とかじゃ無さそうっす
しかもどうも一瞬で三連打してますよ
こいつ、何もんすかね
パクックマのキャラで顔隠してるし

○1　⇔9　☆22

《タロマロ@tar0mar0》19分前
もう解析したのか
さすが仕事早いな、おい
○1　⇔0　☆1

《回下印焔@KaikainHO》18分前
もっと誉《ほ》めてくれていいっすよ
とはいえ個人情報保護レベルを最大にして
投稿してるみたいなんで、
場所とかはさっぱりっす
○1　⇔2　☆4

《タロマロ@tar0mar0》17分前
おいおい、さすがに特定はまずいだろ
だが、本物ならかなりの高レベル探索者のはずユウか……
○1　⇔0　☆1

◇
◆

「さて、今日も弁当を作るか。小ネギ小ネギと。あ、ドローンが飛んでいる」

ＳＮＳで火がつき、動画が拡散されバズったことなど知らぬまま、俺はいつも通りの朝を過ごしていた。何せ、動画がドローンのＡＩによって勝手に編集され投稿されていることすら、認識していなかったのだ。

ベランダのプランターで自家栽培している小ネギを切ろうとしていた俺は、ハサミ片手に振り向く。すると昨日もらった、撮影用の小型ドローンが飛んでいた。

「お、おはよう」

思わず挨拶《あいさつ》してしまう。赤いランプが目みたいに見え、小型でコロンとした機体はどこか可愛《かわい》らしいのだ。

「勝手に動くのか。すごいなお前。そうだ。名前でもつけてやるか」

動くものに名前をつけるのは独り暮らしの性《さが》だった。

「うん。なんか挙動が猫みたいだし、クロでいいか。よろしくなクロ」

俺の挨拶に反応するかのようにその場で上下に動くクロ。

「さて、弁当弁当っと」

俺はハサミでチョキチョキと小ネギだと思っているものを切ると、料理を始める。

まだ俺はこの時も知らないでいた。自動でクロが俺の様子をライブ配信しているということを。


【とあるＳＮＳサイト】

《タロマロ@tar0mar0》17分前
新しい動画だ
しかも今回はライブ配信、だと!?
mytuve.com/yuuchannel/542875163/78
○12　⇔121　☆351

《回下印焔@KaikainHO》15分前
おはようっす。タロマロさん
朝早いっすね

今回は料理動画っすか?
◯1　⇔2　☆4

《タロマロ@tar0mar0》13分前
寝てないだけだ
それはいい。保存されているから
最初から動画を見てくれないか
◯1　⇔10　☆30

《回下印焔@KaikainHO》7分前
見てるっす
ちょっ
クロって。でも、使っているドローンの機種は
これで、特定できそうかも
で、次は小ネギっすか。自家栽培、節約に
なっていいっすよね
……小ネギ?　え?　小ネギ?

○1　⇔9　☆23

《タロマロ@tar0mar0》6分前
気づいたか
あれは霊草、だよな？　めちゃくちゃ貴重な
薬草の
#霊草
○1　⇔5　☆25

《パクパクベアー@maru*kaziri》4分前
霊草と聞いて
○1　⇔25　☆401

《タロマロ@tar0mar0》2分前
出たな
で、どうだ？
お前さんとこの専門だろ？　やっぱりあれは

霊草なのか？
○1　⇔0　☆1

《パクパクベアー@maru*kaziri》0分前
99パー、間違いないね
おっ。弁当、旨《うま》そう……
○1　⇔121　☆500

◇
◆

知らぬ間に界隈《かいわい》で話題になっている弁当を鞄《かばん》に詰め込んだ俺は、家を出て自転車にまたがる。

――そういえば弁当が完成した後ぐらいからクロ、いなかったな。充電に戻ったのかね。あ、クロといえば昨日録画した動画、確認してない。絶対しゃべり方とか変に映ってるだろうから、ちゃんと消しとかないと。

俺はようやく昨日の動画のことを思い出す。通学路の見慣れた景色が後ろへと流れていく。

――今日、早川に会ったら色々と聞いてみるか。

俺は自転車を漕《こ》ぎ続ける。しかし二時間後、ギリギリで授業開始の時間に高校に滑り込んだときには、動画を確認しようと思ったことなど、すっかり忘れていたのだった。


「あ、ユウト」

「早川か」

昼休み中。俺がお弁当を食べ終わったタイミングで早川が話しかけてくる。早川の所属している女子グループはいつもこの時間は教室にいないので、珍しい。

「どう、さっそく撮影してみた？」

「あ……！」

「どうしたの？」

「いや、何でもない。ちょっとだけやってみたよ」

「おお。ねえ、もう動画はアップした？」

「いやいや。少し撮ってみただけだ。しかも、撮ったのは、いつも台所に出る虫を潰した場面でさ。その、あんまりアップするのはためらわれるっていうか」

「ユウトの家、いつも虫が湧くの？　――山生活、こわっ……」

早川が引き気味だ。普段の言動からはあまりそう見えないが、女子らしく虫は苦手らしい。

「うぐっ……、確かに、湧く。だが断じて、山生活ではないからな」

そこは譲れないと、念押ししておく。

「はいはい」

「まあ、撮影もだが、あのもらったドローンはなかなか可愛いな」

「可愛い？　あー。うん、そうだね。可愛いかも？」

なぜか言葉をにごす早川。

「コロコロしたボディがふわふわ浮いているのに、癒《いや》されるわ。それだけでも早川には感謝してるよ」

俺が言い募るほど、早川は変な顔になっていく。

そんなに変なことを言ったかと一瞬悩みかける。

「まあ、何かわからないことがあったら、何でも相談してね。動画が全然伸びない、とかじゃなければ相談に乗るから」

「そこは相談に乗ってくれないのかよ。まあ、ありがとな。でもしばらくは、クロを愛《め》でながら何を撮るかゆっくり考えてみるわ」

「クロって？」

こてんと首を傾《かし》げて、急に良い笑顔を見せる早川。

俺は口を滑らせたとばかりにとっさに横を向く。

わざわざ俺の顔の正面に、早川が回り込んでくる。

「ユウト、クロって？」

そのあとドローンに名前をつけたことを早川から弄《いじ》られている間に、あっという間に昼休みは終了したのだった。

◇◆

「はぁ、今日は散々だった」

学校も終わり、俺は家にたどり着く。

自転車を車庫に入れようとしたところで、足元の蔓《つる》につまずきそうになる。

「おっと、危ない。そう言えば最近サボっていたな……」

俺は自転車を止めると家の周りをぐるっと確認する。目の前に広がる、生い茂った光景。

「……少し、刈っとくか」

法的には庭と山の明確な境はあるのだが、なんとなく手入れする範囲は、別に決めていた。

無駄に広い庭をすべて刈り込むのはなかなかの重労働なのだ。

とはいえ、こうやって、少しサボるだけで草はぼうぼうになる。

――これも、この家の欠点の一つだよな。

作業前にとりあえず学校の荷物を片付ける。着替えようとしたところで、クロがふよふよと近づいてくる。

「あ、ただいま」

ふよふよと上下するクロ。それはまるで俺の挨拶に返事をしてくれたみたいだった。

「よし。装備は完璧《かんぺき》だな」

俺は自身の体を見下ろし、一つ一つ指差し確認をする。

まずは長靴。大きく青い染みがついているが、これは一度、例の青いゲジゲジらしき虫の残骸を片付ける時に、長靴にその欠片《かけら》を落としてしまったのだ。それ以来、なぜか取れない。欠片もどこかいってしまった。まあ、模様だと思って使っている。

——そういえば新聞紙ソードも青く染まっているな。

次に作業着にしているツナギ。これは買い替えたばかり。

そして軍手。こっちはすっかり草の汁で汚れて、緑に染まっている。ただ不思議と長持ちしている。

最後に、草刈り用の鎌だ。学校の近くのホームセンターで奮発して買ったものだった。いつも使ったあとは庭にある池で軽く洗って、刃を拭ったあとに陰干ししているだけなのだが、これも全く切れ味が落ちないので重宝している。

何か面白《おもしろ》いのか、クロがふよふよと俺の指差し装備確認を、追うようにして動いている。

赤いランプが空中に残像を描く。

「本当に、クロは小動物みたいで可愛いな。何であいつは――」

俺はそこで早川の顔を思い浮かべながら肩をすくめると、さっさと作業に取りかかることにする。

今日は少ないとはいえ宿題もあるし、ここの作業でもたつくと、何よりも夕食が遅くなる。

片道二時間の通学をこなす身には、時間は一秒たりとも無駄にはできないのだ。

俺はさっそく家の近くから外に向かうようにして、生い茂る草木を刈り取り始めた。


【とあるＳＮＳサイト】

《タロマロ@tar0mar0》 1時間前
新しい動画だ
今回もライブ配信か。お、ついに外だぞ
mytuve.com/yuuchannel/542875163/98
○39　⇔323　☆601

《回下印焔@KaikainHO》 58分前

ちっすちっす。タロマロさん
いつ寝てるんすか
体力お化けっすね
今回は、庭いじりっすかね
○1　⇔2　☆13

《タロマロ@tar0mar0》53分前
ダンジョンでレベル上がると
必要な睡眠時間が減るのさ
それより見ろ！　そこっ！
もしかして……百妖樹《ひゃくようじゅ》じゃないか
○1　⇔10　☆300

《回下印焔@KaikainHO》51分前
うげっ
あっちは、どう見ても死食い草っすよ
鎌一本で、まるで草刈りみたいに植物系

モンスターを倒してるっすよ、あのパクックマ

◯1　⇔9　☆86

《タロマロ@tar0mar0》47分前

なあ、気づいたか？

あの鎌、ただの鎌じゃないよな

あれだけのモンスターを倒しているのに

全く切れ味が落ちてないぞ

◯1　⇔25　☆369

《タロマロ@tar0mar0》41分前

うわっ、長靴に死食い草の溶解液かかった⁉

えっ――何で無傷なんだ？

あり得ん……

◯1　⇔21　☆100

《パクパクベアー@maru*kaziri》35分前

どうも、装備品がそれぞれ強化されているみたい
少なくとも鎌に、長靴。たぶんあの軍手も
あ、倒し終わったみたい
○1　⇔121　☆500

《パクパクベアー@maru*kaziri》18分前
まってまって。鎌を洗っているあの池の水
わずかにコバルトブルーの色味が見える
もしかしたら高濃度の魔素が溶け込んだ
魔素水なんじゃ？
○10　⇔1251　☆5009

《タロマロ@tar0mar0》10分前
魔素水って、さすがにそれはあり得ないだろ
ダンジョンからの産出が希少すぎて
オークションでいつも高値を連発している
やつじゃないか、それ

◯1　⇔2　☆10

《パクパクベアー＠maru*kaziri》5分前
でも、それで鎌の切れ味にも説明つくよ
あの鎌の刃、高濃度の魔素で
コーティングされてるんじゃない？
◯10　⇔12　☆500

◇
◆

「ふう、なんとか日のあるうちに終わったー」

俺は大きく伸びをする。長靴にいつの間にか絡《から》み付《つ》いていた蔓を反対の足で踏むようにして外す。

――植物ってこんなに元気なもんなのかね。草木を刈る度に何かしらが絡み付いてきてる気がするわ。

俺がすべての蔓を取り除いたところで、クロがやってくる。

「お、クロも応援してくれてたのか。ありがとう。もういいよー」

俺の声に反応してふよふよと上下に動くクロ。

そのままクロは家に戻っていく。

クロの可愛らしい挙動に、俺は笑顔になって見送ると、夕飯の準備を始めようと勇んで家へと向かった。


俺はこの時も全く気がついてはいなかったが、先ほどの俺の「もういいよ」というフレーズを撮影完了と判断したクロは、ライブ配信二回分を編集し、ダイジェスト動画の作成に取りかかっていた。

そしてその作成したダイジェスト動画も広く拡散されていくこととなる。ダンジョン探索者の枠を超え、魔素水の供給を熱望する企業担当者にまで、動画が届くほどに。

▶LIVE

第2章 広がる波紋

ばばばん。

早朝から響く新聞紙ソードの三連打の音。

青いゲジゲジ風の虫がいつものように残骸に変わる。

いつもならすぐにその残骸を片付けてしまうのだが、今日は異変があった。

ジーと俺《おれ》の近くでホバリングしていたクロが、ふらふらとしたかと思うと床へと降りていく。

そのまま、俺が潰《つぶ》した残骸の上に落下してしまったのだ。

「クロっ⁉」

思わず、残骸の中からクロを拾い上げる俺。

「どうしたどうした。どこか壊れたのかっ！」

プロペラの駆動も止まっているクロの全体を確認していく。

よく見ると、機体の下面に、青く染まっている部分がある。真っ黒な機体に一筋の青いギザギザ模様。デフォルメされた雷のような形だ。

「あちゃー。これ、取れないやつじゃないか」

それ以外に、異常は見られない。クロと連動しているスマホを操作すると、すぐに俺の手から飛び立ち、ホバリングを開始するクロ。

俺は心配に思いながらも、時間に追われて朝の準備を始めた。

【side　クロ】

ユウトの部屋の充電器の上。

ドローン型ＡＩであり、ユウトによりクロと呼称されている存在があった。

――アカウントユーザー＝ゆうちゃんねるのスマートフォンのブルートゥース接続の切断を確認。

――完全自律行動モードへ移行。

――モンスター＝ブルーメタルセンティピードの高濃度魔素結晶体との融合により、存在進化律の閾値《いきち》突破を確認。

傍《はた》から見ると、クロはおとなしく充電器の上に鎮座しているだけだ。まるでユウトの帰りをおとなしく待つペットのようにすら見える。

しかしその内部では、大きく変化が生じ始めていた。

魔素の充満したダンジョンでは、その魔素の影響によりさまざまな不可思議な事象が観測されている。

ユウトの部屋で起動した瞬間からクロに生じていた変化が、今まさに特異点《シンギュラリティ》を突破しようとしていた。


――存在進化を実行。

――実行。

――実行。


――存在進化成功。自我＝クロの確立を確認。中期目標を、更なる存在進化の可能性の模索と決定。

――存在進化律の仕様として、ホログラム機能の実装が最適解であると判断。

――存在進化律を対価にホログラム機能の実装を実行。

――実行。

――実行。

――ホログラム機能実装に成功。

その瞬間。クロのつるんとした機体の一部に変化が生じる。

機体の上面に、いくつものレンズが現れたのだ。

――アカウントユーザー＝ゆうちゃんねるの動画を参照、アカウントユーザー＝ゆうちゃんねるとのコミュニケーションに最適化したホログラム画像を生成。

――生成成功。

充電器に収まったまま、クロがホログラム画像の投影を始める。

クロの機体の上に立つように現れたのは、黒髪猫耳の、ユウトと同年代に見える少女のホログラム画像だった。

◇
◆

「ただいまー」

「おかえりなさい」

ドアを開けたまま、俺は固まってしまう。

そっとドアを閉じると数歩後ろに下がり家の外観を確認する。

「俺の家で間違いない、よな?」

改めて確認しても見慣れた自宅の外観だ。家の周辺の雑然とした緑な感じも、いつも通り。

「あれ、連日の通学で疲れているのかな。家に小さな女の子がいた気がする。しかも挨拶《あいさつ》も返ってきたような――」

俺は覚悟を決めて、再びドアを開けてみる。

やはり、いる。

ただ、やはり小さい。サイズは三十センチくらいだ。なぜか、クロの上に浮いているように見える。年齢的には俺と変わらなそうな外見に見える。

「……もしかしてそれって、クロが出しているホログラムなのか?」

「そうです。アカウントユーザー＝ゆうちゃんねる」

「……」

返事が返ってきたことに改めて驚いてしまう。そしてアカウントユーザーうんぬんは、どうも俺への呼びかけらしい。確かに動画サイトに登録した名前は、ゆうちゃんねるだったなと思い出す。

「クロって、ホログラム投影の機能もあるんだ。しかも会話ができるんだね。滑らかだし。実はクロって、すごいＡＩなのかな。え、だとすると、けっこうお高いんじゃないの?」

俺が驚きのあまり、独り言っぽくペラペラ話すのを、じっと見つめてくるホログラムの少女。

全体的にサイズが小さいだけで、その姿はとても精巧だ。愛らしい顔を縁取る黒髪からは、こちらも黒い猫耳が生えていて、大きくてくりっとした瞳《ひとみ》も猫を思わせる造形をしている。

「すごいね、クロ。そのホログラム、よくできてる」

するとクロが、にっこりと微笑《ほほえ》む。

俺はそれがＡＩに制御されたホログラムだとわかっていても、思わずその笑みに言葉がつま

る。

「アカウントユーザー＝ゆうちゃんねるは、今日も庭で作業ですか？」

「――え、ああ。そうだね。昨日刈った草木の処分をするつもりだけど……それと俺のことはユウトと呼んでよ。そのアカウントユーザーってのは、なんか落ち着かないから」

「わかりました。ユウト」

俺が自室に行く間もついてくるクロ。ドローンだったときは当然気にならなかった着替えが、今はどうにもためらわれる。

ホログラムだとはわかっていても。こういうのは気持ちの問題だろう。

「クロ、着替えようと思うんだけど」

「わかりました」

クロがホログラムを消す。

――今の伝え方でホログラムを消すところまでわかるのって、結構すごいような気がする。

そんなことを考えながらツナギに着替えると、いつもの緑色の軍手をはめる。

そのまま長靴を履《は》いて外に出る。

相変わらずふよふよと俺のあとを追ってきたクロが外に出たタイミングで再びホログラムを出す。

そして話しかけてきた。

「どのように処分されるのですか、ユウト」

「うんと、あれに突っ込むだけだけど――」

　俺は家の外に併設してある大型の生ゴミ処理機を指差す。特注した業務用の消滅型だ。これも父の趣味だ。ゴミ出しすら大変な、この家の立地では必需品といえる。

「なるほど。ではここから応援しています」

　そう言うと、クロのホログラムに変化が起きる。黒いワンピースのような服装が、まるで学生服のようになり、頭に生えた猫耳のちょうど下辺りにハチマキが巻かれる。そしてその口に咥《くわ》えられたホイッスル。

　ピッピピッとリズミカルにホイッスルの鳴る音が始まる。

「応援って……いや、その、ありがとう」

　俺はそのホイッスルの音に押されるように積んでおいた刈り取り済みの草木を持ち上げると、生ゴミ処理機へと運び始める。

　――これまでも、やっぱり応援してくれてるつもりだったのかな。でもこれはちょっと、嬉《うれ》しい、かも……。

　しばらくして、すべての刈った草木の投入が終わる。あとは放っておくだけで、自然に廃棄が可能な水溶液に変わるのだ。

　俺はゴミ処理機のハッチを開けて中を確認する。前に入れたゴミの分が変化した液体が溜《た》まっていたので、念のためいつものように池に流しておく。

――これで溢《あふ》れることはないだろ。なんだかいつもよりも片付けがはかどった気がするな。

「クロ、終わったよ。クロの応援のおかげで早く済んだわ」

「はい」

クロのホログラムが最初の服装に戻った。

クロのホログラム部分に気をとられていた俺は、外に出てからクロが撮影とライブ配信をしていることには、やっぱり気がついていなかった。


【とあるＳＮＳサイト】

《タロマロ@tar0mar0》1時間前
ゆうちゃんねるの動画のコメント欄
まさに阿鼻叫喚《あびきょうかん》なんだが
◯3　⇔3　☆60

《回下印焔《カイカインホムラ》@KaikainHO》57分前
ちっすー。タロマロさん

あれっすね。ライブ配信を編集したやつっすね
まあ、仕方ないっすよ。あんな内容ですもん
霊草は探索者垂涎《すいぜん》のアイテムですし
魔素水にいたってはねぇ
しかも動画主は、完全だんまりですしー
○1　⇔2　☆13

《タロマロ@tar0mar0》53分前
うむ
探索者以外からも相当、注目され始めたからな
たちの悪いやつらも増えたな
お、今日もライブ配信か
……なんだ、あのデカイ箱は？
○1　⇔1　☆3

《回下印焔@KaikainHO》51分前
生ゴミ処理機に見えますすね

どうやら業務用の消滅型生ゴミ処理機っすね
あ、パクックマが死食い草の素材
処理機に入れてるっすよ!!
◯1　⇔9　☆86

《タロマロ@tar0mar0》49分前
なんだ、と
あ、あー！
昨日倒したモンスターの素材を、次々！
あれだけで、一財産にはなる高価な素材ばかりだぞ！
――おい、カイカイ。消滅型ってことは？
◯1　⇔25　☆369

《回下印焔@KaikainHO》47分前
普通の生ゴミだと、たしか微生物が分解して
ほとんど排水だけになるみたいっすね
というかモンスターの素材って分解されるんすか

《タロマロ@tar0mar0》44分前
される……んだろうか。
あ、何かを魔素水の池に捨てたぞ
……え
○1　⇔2　☆10

《パクパクベアー@maru*kaziri》44分前
……え
○1　⇔12　☆50

《回下印焔@KaikainHO》43分前
あ……
もしかして、あの池の魔素水って
○1　⇔21　☆5

《パクパクベアー@maru*kaziri》40分前

まってくれ
これは、とんでもないことになるぞ
○1　⇔12　☆69

《タロマロ@tar0mar0》39分前
ああ
もしもあの方法で本当に魔素水ができるとなったら……
産業革命以来の大変動が起きる可能性すらあるぞ、これ
こうしちゃおれん
○1　⇔25　☆109

◇
◆

俺の知らないところで拡散され続けるゆうちゃんねるの動画。それは確実に、非常に強い影響をもって世界へと波紋を広げ始めていた。

まずは生ゴミ処理機メーカー各社の、株価の急上昇といった形で。

猫耳少女のクロのホログラムに見送られて、俺は学校に向かって自転車を漕《こ》ぐ。

――今朝《けさ》のクロは不思議だったな。何であんなゲジゲジもどきの残骸なんて、欲しがったんだろう。でもなぁ、あんなに可愛《かわい》くお願いされたら断れないよな。

例えAIに制御されたホログラムだとはわかっていても、猫耳少女の上目遣《うわめづか》いのお願いは破壊力抜群だった。今、思い出しても、嫌とは到底言えないぐらいには。

――早川《はやかわ》に、クロのドローンが本当はいくらぐらいだったのか確認しようかと思ってたんだけどな。ホログラム画像にほだされたなんてバレたら……。うん、この前クロに名前をつけた時以上に弄《いじ》られる。絶対間違いない。早川はそういう女だ。

俺はペダルを漕ぐ足に、力を込める。

ぐんぐんと加速する自転車。

――よし、この件は黙っていよう。それがいい。

頬《ほお》で風をきりながら、俺はクロに関することは話さないと、固く固く決意するのだった。


「よ、ユウト」

「う、うん。なんだ？　早川」

教室で話しかけてきた早川に、俺はきわめて自然なつもりで返事をする。

なぜか、真顔でジーとこちらを見てくる早川。

俺も真顔で早川を見つめ返す。

――あれ、クロって早川と顔が少し似てる？　あ、早川もクロを使ってた訳だし。その時に撮影した動画の画像を元に、ＡＩが学習してホログラムを形成して……？

そこまで考えて、冷や汗が流れる。

――やっぱり、これは……。うん、クロのホログラムの件は早川には絶対秘密だな。

「まあ、いいや。それでさユウト。魔素水の噂《うわさ》って知ってる？」

「魔素水？　なんだっけ」

「そこからかー。魔素水は、ダンジョンでたまに見つかる、魔素を豊富に含んだ水。いろんな用途があるけど、産出が少なくて超、お高い」

「へぇ。そんなものが。それでその魔素水がどうしたの？」

「今ね、ダンジョン配信界隈《かいわい》のもっぱらの噂なんだけど、もしかしたらその魔素水の作り方が見つかったかもしれなくてね。作り方の検証動画が一気にＳＮＳのトレンドにも入ったんだ」

「あ、なるほど。早川もそれ、やってみるの？　その作り方の検証を動画にするってのを」

「いやいやむりむり。なんか高ランクの植物型モンスターの素材が複数、作るのに必要な材料みたいでさ。しかもどれも珍しいんだって。だから、お金出すだけじゃ手に入らないんだよね」

「……お金だけなら出せるって発想が、すでにセレブなんですが」

早川に華麗にスルーされる俺のツッコミ。

しかし早川は、そんな俺のことを相変わらず真顔でジーと見ている。

「それでさ、ユウト。今日の宿題なんだけどさ――」

「なんだなんだ。いつものか？」

「そう、いつもの」

「仕方ないな。授業始まる前にはノート返せよ」

「サンキュ」

ただ、話題は動画配信のことから離れて、とりとめのない日常のことへとシフトしていった。


【ユウトが早川にノートを取られるのと同時刻】


ユウトの部屋の充電器。

その上に鎮座するクロ。

今朝方、ユウトの手によって渡されたブルーメタルセンティピードの魔素結晶体を融合したことにより、その姿に再び、変化が現れようとしていた。

◇
◆

「はぁ、はぁ、はぁっ」

熱い吐息がもれる。

俺は今、最大級の危機にひんしていた。

学校からの帰り道、家まであと三分の一といったところで、自転車のタイヤがパンクしたのだ。

自転車は、俺の唯一にして最大の交通手段。これなしでは通学はもちろん、買い物すらままならない。

パンクした地点は、すでに自宅が一番近い場所だった。そのため、必死に自転車を押して帰っていたのだ。

そうして日が暮れる直前、ようやく自宅が見えてくる。

押し寄せる安堵《あんど》感。出迎えてくれたクロの笑顔に癒《いや》されるも、ゆっくりしている暇はない。

──明日までに自転車をなんとかしないと。幸い、買い置きしておいた修理道具のストックはあるし。替えのタイヤだってある。問題は……。

俺は手早くいつもの作業用の服に着替える。そして台所の新聞紙ソードを手に取ると、扉の前で一つ大きく深呼吸する。

クロがそんな俺の後ろでふよふよと浮かんでいる。

「ユウト？　今日はどうされるのですか」

「ああ。自転車がパンクしちゃってさ。大ピンチ。で、直すんだけど道具とか替えのタイヤとかが、この先なんだよね」

「この先は？」

「地下室。無駄に広くてさ。色々置けて便利は便利なんだけど虫は多いし、なんかじめっとしてて、地下室にいると……そう、ゾワゾワするんだ。ちょっと苦手なんだよね」

俺はクロに話すことで逆に踏ん切りがつく。

何よりこのあとの予定は立て込んでいるのだ。自転車の修理に夕飯の準備。そして明日も早い。

俺は覚悟を決めると扉を開ける。人感センサーによって自動で照明がついた階段を俺は降りていく。

そのあとを器用についてくるクロ。

久しぶりに足を踏み入れた地下室はやはり、そこかしこに虫の姿が見える。

俺は手当たり次第新聞紙ソードを振りながら、地下室を進んでいく。虫自体はいつものことだ。特に問題はない。

――なんでこう地下室って、影が濃いような気がするんだろうな。物が多いせいか？

荷物によってできた、体感二割増しぐらいに濃く感じる影を俺は無意識に新聞紙ソードで払いのけながら、足元にも注意をはらって進む。傍《はた》から見たら気にし過ぎなのだろう。ただ、どうしても気になってしまうのだ。

——あ、なんか踏んだかも……。

スリッパの裏に感じる何か潰した感触。多分なにかの虫だ。

片付けは最後にまとめてやろうと見ないふりをする。

ようやく地下室の一番奥まで来る。急いで自転車のパンク用の一式を確保すると、俺はほっと安堵のため息をついて足早に地下室をあとにした。

【とあるSNSサイト】

《回下印焔@KaikainHO》57分前
あれ。今日はタロマロさん見てないんすかね
ゆうちゃんねるの動画がアップされているのに
ぜひ、解析した結果、タロマロさんにも見てほしかったなー
@tar0mar0
○1　⇔2　☆13

《タロマロ@tar0mar0》30分前
すまん、野暮《やぼ》用でな
というかなぜ俺がいつも張り付いていると思うのか
そこが、おおいに不思議なんだが
◯1　⇔1　☆3

《回下印焔@KaikainHO》29分前
ちっすちっす
待ってたっす
早速ですが動画、見てくださいよー
パクックマさんが
何で何を切ってるかわかります？
◯1　⇔9　☆86

《タロマロ@tar0mar0》25分前
今回は地下か。

丸めた新聞紙と、……この影、レイス系モンスか、こいつ！
おいおいおい、レイス系は物理攻撃、無効だぞ
しかもなんで新聞紙で一撃なんだっ！
◯1　⇔25　☆369

《回下印焔@KaikainHO》23分前
そうなんすよー
ちな、新聞紙ソードらしいっすよ？
で、レイス系は魔法攻撃じゃないと
ダメが通らないはずっすよね
◯1　⇔2　☆3

《タロマロ@tar0mar0》20分前
そうだ。そのせいでいくつものパーティで
死傷者が出てるぐらいだ
魔素で攻撃する魔法スキルは本当に希少だからな
◯1　⇔2　☆10

《回下印焔@KaikainHO》 19分前
で、次は解析動画っす
DMで送るんで、ちょっと解放してくれます?
◯1　⇔1　☆5

《タロマロ@tar0mar0》 13分前
受け取った。
見ているが、スペクトル分析か?
◯1　⇔1　☆5

《回下印焔@KaikainHO》 10分前
詳しいっすね、タロマロさん!
そっすそっす
◯1　⇔2　☆10

《タロマロ@tar0mar》 9分前

これは、魔法？
いや、違うな
新聞紙ソードを攻撃性の魔素が覆《おお》っている？
もしかして、だが、魔法剣、なのか。
そうかそれで物理攻撃無効のレイスに……
だが、魔法剣士なんて、存在するはずという仮説、だけだろ
実在は確認されてない
◯1　⇔25　☆109

《回下印焔@KaikainHO》5分前
やっぱ、そう見えますよね！
どうやらパクックマさんが、
世界で最初かもっすねー
魔法剣士パクックマ？
◯1　⇔333　☆1080

◇
◆

ネット上で変なあだ名が拡散されていたことなど知らぬまま、俺は叫ぶ。

「片付けまで、全部終わったーっ!!」

俺は大きく万歳をする。自転車の修理を済ませ、道具の片付けと潰した虫たちの処分をようやくすべて終えたのだ。

「クロも、お手伝いありがとう」

「どういたしまして」

なんと今回はクロが片付けの手伝いまでしてくれた。俺が自転車を修理している間はいなくなっていたが、片付けのタイミングで戻ってきてくれたのだ。

どうやらクロの機体の下部には簡易的なアームが収納されていたらしい。そんなものがついていたなんて全く気づいていなかった。

そのアームの見た目はゲームセンターのUFOキャッチャーのものに似ていた。

クロはそのアームで細々とした荷物を運ぶのを手伝ってくれたのだ。重いものは当然無理のようだがそれでもとても助かった。

「アーム、便利だね」

「お役にたちましたか」

「たった、たった。クロがいなかったら今日は夕飯準備できなくて、抜きだったかも」

「それは、何よりです。それと、その残骸の一部をまた、いただけませんか？」

「いいけど？　どうするのそれ」

「進化律の上昇に寄与します」

俺はクロの最後の言葉がよく理解できなかった。ただ、そこで俺の腹の音が盛大に鳴る。

こちとら成長期だ。空腹が、なによりも最優先だ。

そのため、俺はクロの意味不明なフレーズを問いただすことなく、スルーしてしまう。

ただ、もしもここで俺がクロを問いただしていれば、色々と判明したかもしれない。俺の自宅の特異性。そしてクロのＡＩの驚異さ加減についても。

しかしそれは仮定の話。

俺はのほほんと、夕飯の準備にとりかかるのだった。

LIVE

第３章　ダンジョン公社

【side　クロ】

――レッサーセンティピードの魔素結晶体との融合を確認。

――レッサーセンティピードの魔素結晶体との融合を確認。

――レッサーセンティピードの魔素結晶体との融合を確認。

――存在進化律の閾値《いきち》の突破達成を確認。


クロはいつもの指定席である充電器の上で、地下室のお片付けのお駄賃として先ほどユウトからもらった魔素結晶体を取り込んでいた。

部屋にはクロだけ。ユウトは夕食の準備中だ。

しかしホログラム画像は投影したままになっている。

猫耳黒髪少女が、魔素結晶体を融合する度に喜びの笑顔を浮かべようと試行錯誤していた。

静止画として見たときは完璧《かんぺき》な笑みだ。

しかしクロのホログラムに浮かぶ一連の表情変化は、まだどこか硬い。

――表情形成のプロセスにおける非連続性の処理に失敗。更なる存在進化のための『ユウト』との円滑なコミニュケーションにおける障害と認定。

クロのホログラムが、眉《まゆ》を寄せた表情になる。

こちらの表情変化は、なかなか自然だ。

――存在進化律の一部を知性向上に使用することを検討。

――検討終了。実行を判断。

――知性向上を実行。

――実行。

――実行。

――知性向上に成功。

クロが、ゆっくりと表情を変えていく。口角が上がり、僅《わず》かに目が細められる。

クロの顔に、微笑《ほほえ》みが浮かぶ。

その笑みからは直前まで残っていた僅かな違和感が、完全に消えていた。何度か繰り返し、納得した様子のクロは次のことに着手する。

――動画投稿サイトにおける『ゆうちゃんねる』の対外対応を検討しましょう。

知性を向上させたクロが次に始めたこと。それは『ゆうちゃんねる』のことだった。

これまでは、撮影した動画とライブ配信を個人情報保護を最優先にしつつ、設定のままに、ただアップロードするだけだった。

しかし自我と知性を獲得したクロは、更なる手を、打とうとしていた。

ユウトとの友好な関係を今後も維持し、魔素結晶体を手にする。これはそのための布石の一つとなると、クロは判断する。

――まずは『ゆうちゃんねる』の今の立ち位置です。フォロワー数を確認しましょう。

クロが手をかざすと、ホログラムのディスプレイが表示される。ディスプレイ上に表示される各種データ。

――ゆうちゃんねるは、動画投稿サイト内における上位、コンマ〇〇一％に入りますね。サイト内の全動画のフォロワー数の変動傾向、および各動画の再生回数にアクセス。

――獲得データをもとに、ゆうちゃんねるへ寄せられた動画コメント及びＤＭへの対応を検討しましょう。

ビッグデータにアクセスするクロ。その検証結果と、初期の頃に早川《はやかわ》から設定された個人情報保護から、一つの結論を導く。

――コメントはこれまで通り不対応とします。ゆうちゃんねるのフォロワー増加及び再生回数の確保に不要と判断できます。ＤＭのうち、企業からの送付分について対応を追加検証します。

クロは、ゆうちゃんねるへとＤＭを送付してきた数多《あまた》の企業について、ネットでアクセスできる限りの情報を収集していく。膨大なネットの海からサルベージするように情報を集めていくクロ。

――検証終了です。一社に、返信しましょう。

クロの得た結論。クロが『ゆうちゃんねる』名義で、DMを送付する。

それは、ダンジョン動画配信として今、最もバズり、数多の個人と企業が連絡をとりたいと熱望している『ゆうちゃんねる』から、初めて外の世界へと送られた、一通のDMとなった。

【side　とある公社】

ぽーん。

軽快な音とともに、DMが届く。

「ふぁ？　朝、ですか……？」

PCに突っ伏すようにして寝落ちしていた若い女性が、顔を上げる。ちなみに、今は夕方だ。

つくりは端正な顔立ちだが、残念なことにメガネが食い込んだ跡がばっちり残っている。

メガネを直し、ふらふらとマウスに手を伸ばすと、その女性はDMを開く。

数日前、一本の動画から始まった狂乱ともいえる日々。職場での連日の泊まり込みと、偏った食生活でボロボロの女性の脳。そのせいか目に映るDMの内容が、なかなか頭に入ってこない。

何度も読み返し、ようやく送り主のところを見て、声をあげる。

「課長っ！　返信来ました！　ゆうちゃんねるからＤＭです！　ゲホッ」

居眠りあけの大声で、思わず咳《せ》き込む女性。

「すぐに本文を回してくれ！　俺《おれ》のＰＣと社用スマホの両方に頼む。緑川《みどりかわ》は、対策チームを全員呼び集めておいてくれ。俺は、確認しながら社長に報告してくる！」

「はい、ただいま――送信済みです！　メンバーは第三会議室に、集めます！」

そう言って緑川と呼ばれた女性は席を立つ。

周囲を取り囲む死屍累々《ししるいるい》といった同僚たちを手近なところから、なかば蹴《け》り飛ばすようにして起こしていく。緑川の蹴りで最初に起きたのは、熊のような大男だ。

食料の買い出し等で不在のメンバーを把握すると、緑川は社用スマホで次々に連絡をとっていった。

◇◆

第三会議室に集められた対策チームの前に立つと、課長が口火を切る。

「ゆうちゃんねる投稿者からのＤＭにあったすべての要求を最大限、叶《かな》える。それが、社長から告げられた、わがダンジョン公社の基本方針となる。いいか、事はわが国の趨勢《すうせい》にすら影響があり得る案件だ。粉骨砕身の働きを期待する」

参加者の中で、一番顔色が悪い課長の激励。

その場にいるメンバーたちも疲れきった顔色だ。しかし、各々《おのおの》の瞳《ひとみ》だけは爛々《らんらん》と輝いている。

「具体的な割りふりだ。俺は社長と議員先生の方々への根回しに動く。俺が不在の間は加藤《かとう》が、現場を回してくれ」

「わかりました」

加藤と呼ばれたのは先ほどの熊のような大男。

「ゆうちゃんねるとの窓口は緑川だ。お前のスキル、『不運《ハードラック》』には期待している。頼んだぞ」

「は、はいっ！」

探索者上がりの緑川が、ダンジョン関連団体としては最大手であるダンジョン公社にヘッドハンティングされた理由。それが、緑川が探索者時代に発現したユニークスキル、『不運《ハードラック》』だ。

おのが運命における不幸を、任意に配分することのできるそれは、不幸の前借りができるのだ。

今回、ゆうちゃんねるからのＤＭを受け取ることができた幸運は、スキル『不運《ハードラック》』によって何倍もの不幸を緑川が事前に引き受けたことによって得た結果だった。

ちなみに一つの不幸が命取りとなる探索者にとっても、それは有用なスキルであった。それでも緑川がダンジョン公社からのヘッドハンティングに応じたのは、より広い範囲での活躍ができる業務に魅力を感じたからだ。

とはいえ、ここまで大きな案件に自分がメインで関《かか》わることになるとは、その時の緑川は思ってもいなかった。

課長の話が続く。

「いいか。最新の解析ではゆうちゃんねるの住居及び周辺区画は完全にダンジョン化しているとみて間違いない。先方からの要求の一つでもある、ダンジョン特措法《とくそほう》修正項におけるダンジョン特区認定も、そのためだろう」

「課長、わが国ではまだ特区認定されたダンジョンはありません。成立の公算はあるのですか？」

大男の加藤の質問。

「ある。そちらは任せろ。質問は以上か？　よしみな、頼んだぞ。行動開始だ！」

忙しそうに動き出す、ダンジョン公社『ゆうちゃんねる』特別対策チームの面々。

こうして、クロの送った一通のＤＭは、国をも巻き込んだより大きなうねりとなって、変化を巻き起こしていく。

◇
◆

「明日は、ようやく休みだ……」

自分の席でぐったりしている俺。週末前の昼休みということで、教室はどこかざわざわといつもよりも浮ついている。

「ユウト」

「なんだ、早川《はやかわ》」

「週末、予定はどう？」

「あー。ゆっくり家で寝てるつもりだが」

「相変わらずだね。動画の撮影に、隣町のダンジョンに行くつもりなんだけど、どう一緒に？」

「ダンジョンって確か、未成年は入れんだろ？」

そういえば行ったこと無いなーと思いながら俺は早川に確認する。

――隣町のダンジョン、確か名前は『赤8』ダンジョンだったたっけ。

「うん、十八歳未満は入れない。外から撮影。探索者たちが持ち帰ってくるダンジョンアイテムが撮れるかもしれないしね。それに、周りには出店もあるよ」

「早川は、行ったことあるんだ」

「あるよ。というか、ユウトは無いの？」

「ないなー」

「今時、行ったことのないユウトの方が珍しいと思うな。だいたい、学校で行くでしょ」

「確か中学の時の社会見学は病欠した」

「それじゃ仕方ないね。で、どう？」

軽い調子で再び誘ってくる早川。

俺はゆっくり寝ている休日に一度思いをはせる。しかし、目の前でこちらを見ている早川は、軽い調子で誘ってたわりには、どこか表情が真剣だ。

「あー。まあ、じゃあ昼前なら」

「よし決まり。駅に11時に待ち合わせでいい？」

にかっと笑って告げる早川。予想以上に嬉《うれ》しげな早川に、俺は了承を告げた。

◇◆

「それが新しい撮影用機材？」

「うん、いいでしょ」

俺は駅で早川と落ち合う。早川が、肩がけしたバッグの中を自慢げに見せてくれる。バッグには動画撮影用の機材っぽい諸々《もろもろ》が綺麗《きれい》にしまわれていた。

「ドローン、ないんだ？」

「街中で飛ばしたら怒られるから。特にダンジョン周辺は許可を取らないといけないしね。今日は持ってきてない」

「へぇー。さすがに詳しいな」

「いや、一般常識だからね」

そんなことを話しながら駅から歩く。人の往来が徐々に増えていく。その時だった。なんとなくぞわっとした感じがして、俺は歩きながら体を斜めにして早川の方に少しだけ身を寄せる。無意識に早川を守るように。

背後から俺たちを追い越そうとしたのだろう。大きなアタッシュケースを抱えた女性が俺の横をすり抜けるように通り抜けていく。

「あ、すいません」

俺はなんとなく邪魔だったかなと、謝るも、アタッシュケースの女性は何も言わずに歩き去っていった。俺の横を通り過ぎるときにちらりと見えたその女性の手の甲には蟬《せみ》らしき柄のタトゥーが入っていた。

「なにあれっ」

「大丈夫、ぶつかってもないし。なにか急いでたんだろ。それよりさ、あれが屋台だろ。見てくか?」

道の左右に食べ物の屋台がちらほらと増えていた。しょうゆや、ソースのいい香りがする。

「……今は見てくだけ。買うのは帰りにしようか」

「ああ、そうだな。ふーん。ダンジョンの周りってこんな感じなんだな」

俺はキョロキョロしながら呟く。どこかお祭りみたいな雰囲気だ。俺たちは屋台を冷やかしながら進む。

「そうね。人もたくさん通るから。ちなみにここらへんは基本的に、観光客とかの一般向け。奥はすごいよ。ダンジョンアイテムは、専門の企業が取り扱うんだけど、ここも、道一本中《なか》に入ればそういうオフィスが並んでるの。それで、探索者たちがダンジョンアイテムを持ち出すときに、結構面白《おもしろ》いものが見れるんだ」

「早川はどんなもの見たことあるんだ?」

「一番変だったのは、ぷかぷかと浮かんだ魚みたいなモンスターの素材かな。紐《ひも》がついてて。風船みたいに運んでるのを見たことある」

「へぇー。それはちょっと見てみたいかも」

「あ、見えた。あれがダンジョン」

そう言って、早川が前方を指差した。

「早川、いいのか、ここ入って？」

「立ち入り禁止の表示はなかったよ」

俺たちは『赤8』ダンジョンの正面での撮影を諦《あきら》め、裏側に回ってきていた。

ダンジョン入り口の正面には無数のドローンと、カメラを構えた、たくさんの人たちがいた。のだ。

早川いわく、あれも一種のダンジョン動画配信者らしい。ダンジョンから出てくる探索者を撮影するのが目的だそうで、パパラッチ配信者とも揶揄《やゆ》されて呼ばれているそうだ。

探索者としてダンジョンに実際に潜り動画撮影をして配信する方が人気になりやすいが、ダンジョンに潜るだけあって、当然危険もある。あとは、早川のように年齢が足りなかったり、探索者としての資格が取れてない動画配信主も中にはいるそうだ。

「それで、何を撮るつもりなんだ？」

「赤8ダンジョンは見ての通り、廃病院がダンジョン化したものなの」

「そう、みたいだな」

俺はいかにもな見た目に、うんうんと相槌《あいづち》をうつ。

「ダンジョン化すると色々と不思議なことが起こるって言うでしょ？　外観よりも内部のダンジョンが、広くなるのもそんな不思議の一つだと言われているの」

「うん」

「ただ、建物がもとのダンジョン化の場合、見た目は変わらないらしいんだよね」

「ほう？　それで？」

「中規模以上の病院と言えば、だいたい正面入り口以外にも出入り口があるでしょ？」

「救急用？」

「そう。そっちから出てくる探索者を撮れるかもと思ってね。お、あった」

嬉しそうに指差す早川。俺たちは少し離れた場所を陣取ると、早川が撮影機材の準備を始める。

その時だった。俺は急に身震いしてしまう。

「なんか今、ゾワゾワッとしたんだが」

俺は無意識のうちに手を振る。

視界の端を何か黒いものが早川の方に向かって、よぎったように見えたのだ。

動かした手が、軽く何かに触れたような感覚。自宅の地下室で感じる感覚を、とても軽くしたような感じだ。

次の瞬間、ゾワッとした感覚が消える。

「うん？　何もないけど。それよりも、ユウト。静かに」

スマホのカメラを構えた早川が、ダンジョンから走り出してくる探索者らしき人たちを撮っている。

「君たち！　大丈夫っ？」

こちらを向いた探索者の一人が駆け寄りながら尋ねてくる。

「え？」『うん？」

俺たちは状況がわからずに顔を見合わせる。

「良かった。無事ね。君たち、学生さん？　一応忠告。こっち側は危ないから、離れた方がいいよ」

そう告げる探索者。仲間からその探索者へ、指示が来る。

「おい、カイカイ！　大丈夫そうなら急げ。赤8ダンジョン担当の管理公社に連絡を。こっちは手分けして探索する。例のネームドのレイス『さまよえる黒』だ。間違いない。対抗手段のないやつが襲われたらイチコロだぞ！」

「はーい！　さあ、君たちもここから離れてー！」

「わかりました！」『はい」

俺たちは顔を見合わせると足早にその場を離れる。

遭遇した探索者たちから見えないところに来たところで、早川が俺の耳元で囁《ささや》いてくる。

「あれ、聞いた？　ユウトっ」

「ちょっ」

思わず耳を押さえてしまう。しかし早川は興奮した様子でまくし立てる。

「あれは絶対、特殊個体モンスターがダンジョンの外にいるんだよっ。しかもレイス系だって」

ワクワクしたように話す早川。

通常のモンスターはダンジョンから出てこない。外に出ているモンスターは特殊個体モンスターと呼ばれている。特殊個体モンスターにも色々なパターンがあるらしいが、俺はそこら辺は早川ほど詳しくなかった。

ただ、あの探索者がダンジョンの外にいた俺たちに大丈夫か聞いてきた、ということは早川の推測通り、なんだろう。

「なら、早く離れた方がいいんじゃないか?」

「うーん。面白くなりそうなんだけど、仕方ないか。ユウトが怪我《けが》でもしたら申し訳ないし」

「いやいや、それは早川が怪我する場合だってあるだろ? まあ、いいや。とりあえず表に戻るか」

そう言って俺たちは来た道を引き返したのだった。

【side　シケイド】

「嘘《うそ》だ嘘だ嘘だ……あ、あああ……。私の『さまよえる黒』が……やられた……。しかもあんな手の一振りだけで……」

立ち去るユウトたちを物陰に隠れながら見ていた女性のうわ言のような呟《つぶや》き。鍛えぬかれたように見えるその体は、しかし、がたがたと震えていた。そして蟬のタトゥーの入った手には大きなアタッシュケースが握られていた。

「……こちらフォレスト。蟬《シケイド》、どうした。応答しろ」

女性の耳につけたイヤホンから流れる音声。女性はブルブル震える手でマイクを操作し、囁《ささや》くように返事をする。

「ああ。こちらシケイド。聞こえている。赤8での仕事は失敗した。失敗だ」

「……何があった、シケイド」

「私の……テイムモンスターが、やられた」

「……了解。シケイド、巣に戻れ」

「了解」

震える体を抑え、ふらふらとその場を立ち去るシケイド。いくつもの感情がせめぎ合うようには表れては消えていく。

「黄38までは楽勝だった。こんなことになるなんて……。私が『さまよえる黒』を失う？　しかもあんな無造作に見える一撃で……ああ、あんなのが、この国にいたのか……」

【とあるSNSのDM】

《回下印焔《カイカインホムラ》@KaikainHO》
タロマロさん、聞いてくださいよっ
今日、めちゃくちゃ変なことがあったんすよー
22：25

《タロマロ@tar0mar0》
どうした？　カイカイ。
今日はゆうちゃんねるの
動画の更新はまだない、よな？
22：28

《回下印焔@KaikainHO》
別件ですー
リアルの方です。今日とあるチームの
フォローに入ってたんですけど、

レイス系モンスと遭遇したんです
でも、結局取り逃がしちゃって。
で、なんと、ダンジョンの裏からそいつ
出てったんです。しかも出たところで、消えたんですよっ！
まるで本物の幽霊みたいに
22：29

《タロマロ@tar0mar0》
本物の幽霊っていうか、
レイスの方がどちらかと言えば
幽霊だろ？
というか、そいつは特殊個体か……。
レイス系だと、まさかネームドの『さまよえる黒』か？
22：31

《回下印焔@KaikainHO》
うわ、タロマロさん詳しいっすねー。

現場でもその名前、出てました。
ネームドは全部、把握済みっすか？
22：33

《タロマロ@tar0mar0》
そんなわけあるか。知り合いが
『さまよえる黒』の犠牲になったんだよ
どこだ？　あと、それで、消えたってのは具体的には？
22：34

《回下印焔@KaikainHO》
あー。赤8っす。
文字通り消えたんすよ。で、ここからなんす
そのあとしばらくしてから霊視持ちの
探索者の人に見てもらったら、
ダンジョンを出てすぐのところで
倒された痕跡が見つかっちゃって

22:36
《タロマロ@tar0mar0》
そのタイミングで、周囲に他の探索者はいなかったのか?

22:40
《回下印焔@KaikainHO》
うちのチームだけでした。ただ、高校生らしい男女のカップルがいましたその時は怪しいと思わなくて、身元は聞けなかったんすよ

22:41
《タロマロ@tar0mar0》
そいつらがやったと思ってるのか?
高校生じゃ、いくらなんでも無理だろ

だいたい探索者の資格すらとれない
それにレイス系にダメージを与えられる
探索者自体、一握りしかいないんだぞ
……カイカイ、お前もしかして、『ゆう』が
その高校生のどちらかとか考えてるのか？
22：41

《回下印焔@KaikainHO》
いやー
まさかとは私も思うんすけどね
ただ、たまたまにしてはタイミングが良すぎる
気はしているっす
それで相談なんすけど、しばらく
タロマロさんとこも、赤8に来てみません？
22：49

《タロマロ@tar0mar0》

ふん。本題はそれか
お前もいつの間にか人を誘うのが
うまくなったな
いいぜ。一応チームのやつらには確認がいるが、
みなその手の楽しげなことには前向きだ
急ぎのクエストも受けてないしな
22：56

《回下印焔@KaikainHO》
やったー！
頼りにしてるっす！
22：57

◇
◆

国で十指に入る上位ランカーの探索者であるタロマロこと、田老麿贄《タロウマロニエ》。

彼が率いる探索者チーム『昔日《せきじつ》の恩讐《おんしゅう》』が、探索中の高難易度ダンジョンである『紫48』

の探索を一時中断するというニュースは、業界関係者の間で驚きをもって受け取られる。

タロマロは、今話題の『ゆうちゃんねる』の火付け役と目されており、その動向は、業界の目端の利く人間の注目を集めていた。

そうして、赤8ダンジョンに静かに注目が集まり始めることとなる。

◇
◆

「ふぁ」

週の初めの登校。俺は自転車を漕《こ》ぎながらあくびをもらす。

――そういえば今朝《けさ》、クロは台所に来なかったな。トクソホウによる認定案件を処理中とか言ってたけど……。なにそれって聞いたら、セキュリティの向上ですって言ってたっけ。頑張ってと答えたけど。あれは、何だったんだろ？　セキュリティアプリのアップデートか何かかな？

俺は、今朝のクロの様子を思い出す。周囲では見慣れた通学風景が流れていく。しかしそんな見慣れた風景に一点、違和感が混じる。

人影だ。

まだ、俺の家からはそんなに離れてはいない。

――珍しいな。この先って、俺の家以外なにも無いから、普段は誰《だれ》も通らないのに。

なんとなく、自転車のスピードを緩める。

歩いていたのは中年間近といった感じの男性だ。遠目に見ても引き締まった体軀《たいく》をしているのがわかる。まるで探索者のようだ。

「お、少年」

向こうから話しかけてくる。

俺は少し距離をとって自転車を止める。

「すまんが教えてくれ。赤8ダンジョンってのはこっちか?」

「いえ、反対ですよ。電車を使うんでしたら、この道を戻って、最初の曲がり角を左折して――」

俺は、そのまま赤8ダンジョンへの行き方を答える。とはいえ徒歩では電車の駅までですら、かなりあるのだが。

「というか、駅から歩いて来たんですか?　かなりありますけど……」

「いやー。道って苦手でな。なんとなくダンジョンっぽい感覚がする方に歩いてきたんだが。いつもはこれで無事に着くんだがな」

「探索者の方っぽいですけど、そんなんで大丈夫なんですか?」

「なんとかなるもんさ」

「はぁ」

豪快に笑う中年間近の男性。

「とりあえず俺は失礼します」

「おう、ありがとうよう。少年」

俺は再び自転車を漕ぎ始める。

俺が去ったあとに佇《たたず》む中年間近の探索者——田老磨贄——は何か考え込んだ様子で、ゆっくりと周囲を見回すと、俺が伝えた通りに引き返して行った。

◇
◆

「あっ、ユウト」

教室に着くなりユウトに話しかける早川。

「うっす」

「ねぇ、赤8ダンジョンで話しかけてきた女性の探索者、いたでしょ」

「え、ああ。たしかカイカイとか呼ばれていた」

「そう！　調べたら結構な有名人らしいんだよ。回下印《カイカイン》焔《ホムラ》さん」

「わざわざ調べたんだ」

「なに言ってるの。動画の投稿前に、映ってる探索者の所属チームに確認と許可取りがいるに決まってるでしょ」

「あー、なるほど。そういうのもいるのか。めんどくさいんだな。で、許可はもらえたの？」

「ううん、申請してない。だいたい探索者が出てきたってだけだし。動画として投稿する意味ないでしょ？　これがダンジョンから出てきた特殊個体モンスターを探索者が倒す場面、とかだったらバズること間違いなし、なんだけどなー」

「ふーん」


実は早川のスマホで撮影した動画には半分見切れながらも『さまよえる黒』である影が一瞬だが映り込んでいた。

その影がすぐさまユウトの手に触れて霧散するところも。

しかし早川はカメラのレンズにゴミでもついたかと思うだけで、その影がモンスターだと気がつくことはなかった。そのため、動画はスマホの中で眠ることとなる。

バズるかバズらないかの、ほんの僅かな境界線。早川はバズらない側の人間だった。

▶LIVE

第4章 蟻

【ダンジョン公社】


「今、戻った。特区認定の言質《げんち》をとったぞ！」

「おめでとうございます」

「さすが課長！」

「歴史に残りますね、これは」

さすがに憔悴《しょうすい》した様子を見せる課長の周りで騒ぐ、『ゆうちゃんねる』対策メンバーの面々。

緑川《みどりかわ》はしかし、残念ながらその輪の中に入る余裕はなかった。

「緑川は悪運の前借り中か」

「そうです、課長。もう、ぶっ続けで六時間」

熊のような見た目の加藤《かとう》が、課長に告げる。

加藤から見ると、緑川は事あるごとに蹴《け》ってくる後輩なのだが、その目はどこか優しげだ。

当の緑川は、少し身動きする度に不幸に見舞われていた。

歩けば足の小指を机の角に強打し。

飲み物を飲もうとすると、カップの取っ手がポロンと取れる。

今も、床にこぼしたコーヒーを拭こうとして足を滑らせたところだ。

バランスを崩した緑川がとっさに伸ばした先には新品未使用のコピー用紙の束《たば》。

雪崩《なだれ》れるように崩れたそれが、床のコーヒーへとダイブし、茶色に染まっていく。

ただ、それは本人も周りも慣れたものだ。

今のコピー用紙も重要書類の代わりにわざと置いているものだった。

緑川の不運《ハードラック》の餌食にするためだけに。

そんな苦行のような時間が、ようやく終わる。

ぼろぼろになった緑川を周囲のスタッフが手早く労《ねぎら》っていく。

そこに差し出される一台のノートパソコン。

緑川が疲労で震える指でログインする。

「課長、来ました。『ゆうちゃんねる』からです。ズームムでリモート会談、です」

それだけ告げ、疲労と心労で崩れ落ちる緑川。その体を加藤が受け止めようとしたところで、『ゆうちゃんねる』対策メンバーの他の女性スタッフ陣が颯爽《さっそう》と緑川の体を受け止めると、そのまま緑川を医務室へと搬送していった。

【同時刻　ユウトの家の庭】

「うわっ、これは、まずいやつだ」

俺《おれ》はおののきながら庭の一点を見つめる。

小さく山になった地面。

茶色に染まったそれは、もぞもぞとうごめいている。

「蟻《あり》のやつ、また大量発生したのか。しかもこいつら市販の薬剤が全然、効かないんだよな」

俺は実は以前にも同じような事態に遭遇していた。これが三度目だったりする。

最初の時が一番悲惨だった。

気がつかずに放置していたら、家の中に次々に入り込んで来たのだ。

床のいたるところを這《は》い回る無数の蟻。特に食べ物が少しでも保存してあるところには、大量の蟻が集まりもぞもぞと這いずり回っていたのだ。

それはまるで、蟻の絨毯《じゅうたん》、蟻の壁紙だった。いくら新聞紙ソードで叩《たた》き潰《つぶ》しても次から次へと湧《わ》いてくるようで、たまらず自転車を飛ばして学校近くのホームセンターで蟻駆除用の薬剤をゲットしてきたのだ。効かなかったが。

その時は涙目になりながら、地道に地道にすべて叩き潰したのだった。

「第三次アリ戦争の開幕だ……」

絶望に瞳《ひとみ》を染めながら、俺は新聞紙ソードを手に取る。

そして俺は蟻塚へ、決死の覚悟で襲いかかった。


「ユウト。今、よろしいでしょうか」

「申し訳ないけど、あまり、よろしくない。うわっ！　はぁっ！」

どんどんと集まってくる蟻。俺がその体液にまみれながら必死に新聞紙ソードで駆除活動に勤《いそ》しんでいると、ふわふわと飛んできたクロが尋ねてくる。そのホログラムの表情はとても申し訳なさそうだ。

しかし残念ながら、今の俺は本当に余裕がない。

一瞬の気の緩みが、悲惨な事態となりうるのだ。

無数の大きな蟻が、今にも俺の体にどんどん這い上がってこようとしている。登られてしまったところを想像するだけで、むずむずする。

「わかりました。では手短に」

「いや、話すのかよ！　てか、そんなに急ぎ、なの⁉　つっ！」

「はい。前にお話ししていました特措法によるセキュリティの向上を目的とした――」

「ぐぅっ、はぁっ！」

新聞紙ソードを振り回し、呼気荒く叫ぶ俺には、そのクロの話はほとんど聞いている暇がない。

「――そのために、承認をいただきたくて――」

「オッケー。承認する！」

そんな状況下なので、話を聞く余裕なんて全くない。俺は、ついつい適当にオーケーの返事をクロにしてしまう。

ふらふらとクロが少し離れていくのを見て、俺は目の前の強敵たちへと意識を集中する。

そのため、俺は気がついていなかった。

クロのホログラム画像が、ドローンの機体の上から、その正面へと移動した事に。

そしてホログラム画像がドローンの方を向くと、クロとダンジョン公社とのズームム会談が始まる。

その背景には、俺が蟻たちと死闘を繰り広げている場面がばっちりと映り込んでいた。

【ダンジョン公社の一室】

「課長、ゆうちゃんねるよりズームムのＵＲＬが来ました。まもなく会談開始の指定時間です！」

加藤が興奮を抑えた口調で告げる。

その場に集まった『ゆうちゃんねる』対策メンバーたちは皆、これから始まるズームム会談が歴史に残るものになるだろうという確信があった。

静かな興奮が部屋の中を渦巻いている。

「了解した。では加藤がズームムにて、ゆうちゃんねる投稿者と話を――」

「――私に、やらせてください！」

課長の声を遮《さえぎ》ったのは、緑川だった。

運び込まれた医務室から這うようにして抜け出してきた緑川。

周囲の制止の声も聞かずに、緑川は目を爛々《らんらん》と輝かせて課長へとそう話す。

「緑川、いけるのか？」

「いけます！　私の、仕事です。やらせてください！」

「よし、席につけ緑川」

「ありがとうございます」

「時間です。ズームム、繋《つな》がります！」

加藤の時間を告げる声。緑川が椅子《いす》に座り、ディスプレイに向き合った瞬間、映像が映る。

画面正面に現れたのは、黒髪に猫耳の生えた美少女。

しかし緑川の視線を奪ったのは、別のものだった。

猫耳少女の背後。庭とおぼしき場所で行われている、戦い。

「――そんなっ。あれは、ジェノサイドアント？」

「なん、だとっ！　ジェノサイドアントといったら、厄災級の特殊個体モンスターじゃないか！」

「馬鹿《ばか》な、ジェノサイドアント十匹もいれば、都市が一つ滅ぶと言われているんだぞ⁉　それがあの数。数百はいるだろあれ」

「あの、パクックマの人。ジェノサイドアントの大群と互角以上に戦っているように見えませんか？」

緑川が加藤が課長が。ディスプレイを眺める面々が、その衝撃の光景に驚きを隠せない様子だ。

人ではあり得ない速さで縦横無尽に動き回り、手にした新聞紙を振り回す人影。

ゆうちゃんねるで、これまでもその活躍を見てきた。しかし今回はまさに別次元の強さが、これでもかとばかりに画面越しに伝わってくる。

画面の向こうでは、丸められた新聞紙の一振りで、大地が割れ、空気がはぜる。

それでもジェノサイドアントは一撃では即死することはないようだ。

そのために放たれる、連撃。

その一撃一撃が轟音《ごうおん》を響かせる。その発せられる音の圧だけで、『ゆうちゃんねる』対策メンバーは完全に、気圧《けお》されてしまう。

間近でディスプレイに向き合う緑川も、それは例外ではなかった。どちらかと言えば探索者上がりの緑川の方が、その戦いの格の違いを、圧倒的な暴力の本質を、感覚的にも正確にとらえていた。

その圧倒的な暴力の光景を背景にして、クロと緑川のズーム会談が、今、始まる。

【side　緑川】

「始めてもよろしいでしょうか、『不運《ハードラック》』の緑川さん？」

圧倒的な暴力の光景を背負って、黒髪猫耳の少女が口火を切る。

「失礼いたしました。もちろんです」

いくつもの死地を切り抜けてきた経験のある緑川は、表面上は冷静にそれに応対する。

しかしその内面は決して穏やかではなかった。人生で最も緊張していると言っても過言ではない。

——これまでのDMのやり取りの中で、私は一切《いっさい》名乗ってはいない。それなのに名前どころか、ユニークスキルまで。それに、今の音声。背後の戦闘音が一切ノイズとして含まれていなかった。ということは、映像か音声に、リアルタイムで手を加えている可能性がある。あの戦っているパクックマの人と、黒髪猫耳の少女。そして最低あと一人は、先方に人がいる、ということだ。

緑川はそこでちらりと加藤を見る。素早く頷《うなず》き返してくる加藤。

――加藤先輩も、同じ可能性に気づいている。あとは解析班にお任せでいいだろう。

緑川はそこまで考えて目の前の少女の映像に意識を集中する。

「お名前をお伺いしてもよろしいでしょうか」

「クロとお呼びください」

「クロさん、ですね。この度は我がダンジョン公社にお話を頂き、ありがとうございます」

「それで、こちらの要望はどうなりました?」

――そう、簡単に雑談に乗っては来ないか。できれば少しでも話して情報がほしいところ。でも先方の不興を買うほどのリスクを負う必要は今のところない。

「クロさんから頂きましたご要望につきましては、すべてこちらでご対応させていただきます」

「了解です。そちらの希望は霊草の安定供給で間違いないですか」

「はい、間違いございません」

――まだ、だ。

スキル『不運《ハードラック》』が、緑川に囁《ささや》く。

「それではこちらの希望であるこのダンジョンの特区認定と、友好的な隣人としてダンジョン公社の出向事務所を特区の隣に。そうである限りは、良き隣人へのお裾分《すそわ》けとして、霊草の供給ができるでしょう」

「かしこまりました。我々も良き隣人となれることを望んでおります。ところで、そちらのダンジョンの呼称なのですが」

緑川は言葉を切る。

――ここだ。

「これまで前例のないダンジョンとなります。そのため、黒1ダンジョンとなります」

「……その呼称は受け入れましょう」

――よしっ。

「つきましては――」

さらに畳みかけようとする緑川。

それはしかし、クロに遮られる。

「ここ黒1ダンジョンの特異性は一見して明らかだと思います。現在、適切に管理されている黒1ダンジョンですが、無用の外圧でその最適な管理が阻害されるとどうなるか。わかりますね」

そう言って、猫耳少女の示す背後。

ちょうど同じタイミングで加藤がフリップで緑川にメッセージを見せる。そこには「画像の加工は個人情報保護のもののみ。音声が合成」と書かれていた。

――つまり、今見ている映像は実在のものだということだ。

画面の向こう、当初あれほどうごめいていたジェノサイドアントが、ほぼほぼ叩き潰されていた。

その大地を埋め尽くす死骸の中央に立つ、パクックマのアイコンで顔を隠された人物。その人物からは、闘気と言われれば納得してしまいそうな圧倒的な威圧感が放たれている。

――クロは、こう言いたいのだろう。ジェノサイドアントの大量発生を抑えているクロたちが居なくなるだけで、この国は簡単に滅びるんだぞ、と。

思わずゴクリと唾を飲み込む緑川。

声が震える。

「も、もちろん、理解しております」

「結構です。それでは」

ちょうど最後のジェノサイドアントが叩き潰されているところで、ズームムが終了する。

それとともに、多大な重圧を一身に受けていた緑川は崩れ落ちる。

本日二度目となる医務室に、お世話になるのだった。

◇
◆

叩き潰して散らかった蟻の残骸。俺は、その大部分を生ゴミ処理機に突っ込む。

そうして片付けが、ようやく終わる。

「ああ、疲れた。もうダメ。蟻、見たくない」

「お疲れ様です、ユウト」

「クロも片付け手伝ってくれて、ありがと。本当に助かったよ。前回、この量の残骸を一人で片付けて、軽く心折れたから」

俺はアームで片付けを手伝ってくれたクロに心からお礼を伝える。死骸を運ぶ量でいえば、ドローンについたアームでの運搬だ。そこまで効率は良くない。

それでも、あの量の虫の死骸に一人で向き合わなくて良い、というのは精神的な支えが非常に大きかった。

もう、蟻の事は考えたくもないとばかりに俺はブルブルと頭を振る。

「そういえば、さっきよく聞こえなかったセキュリティの話って、大丈夫そう？」

「はい。社会的安全性の向上が望めると思われます」

「……それは何より」

――社会的安全性？　変わった言い回しだけど。まあ、セキュリティアプリなら、そうか。

「また、こちらを頂いてもよろしいですか？」

「あー。進化律だっけ？　全然いいけど……」

相変わらず残骸の一部を欲しがるクロを不思議に思いながら俺は再びその続きを訊くタイミングを逃してしまう。

「うそ、だろ」

処理するのやだなーと目をそらしていたものが実はもう一つある。蟻塚だ。

小さく山になったそれが、突然、わさわさとうごめくように振動しはじめたのだ。

――もしかしなくても、また、蟻が出てくるのか？　勘弁してくれよ……。

俺は涙目になりながらも覚悟をきめると、新聞紙ソードを握りしめる。

しかし幸いなことに、俺のその最悪の予想は見事に外れた。

蟻塚から蟻が這い出して来ることはなく、逆にさらさらとその小山が端から崩れていく。

不思議に思いながら、見つめる先。蟻塚が崩れた部分に何かきらりと光るものが見える。

「何か、ある？」

「そうみたいですね」

クロのホログラムも不思議そうな表情だ。

俺は慎重に蟻塚に近づくと手にした新聞紙ソードでその崩れた部分を突っついてみる。

さらに崩れていく蟻塚。そして、ぽろっと何かが落ちる。

「これは、懐中時計？　実物は、初めて見るかも」

「そのようですね」

銀色の鎖に、金色の本体をした懐中時計だ。傷もなく綺麗《きれい》だ。少し高価な品にも見える。

俺は軍手をしたままそっとそれを持ち上げてみる。

「うーん。何で懐中時計がこんなところに？　あ、もしかして家の前の持ち主のだったりするのかな」

俺は懐中時計の蓋《ふた》を開けてみる。

中も大きな傷は見当たらない。

「さすがに、動いてないよな。どうしよう、これ。たしか家の前の持ち主は死んでしまって、とかうちの父親が言ってたんだよ」

「であれば、持っていても問題ないのでは？」

「うーん。そうなのか？　まあ、預かっといて、父親が帰ってきたら相談するよ」

俺はとりあえずツナギのポケットに懐中時計をしまう。

この黄金の懐中時計が、黒1ダンジョンで初の出土となるダンジョン産の宝物《ほうもつ》であり、最高級ランクの、強き力を秘めた品――アーティファクトであることが判明するのは、しばらく後のこととなる。

▶LIVE

第5章 良き隣人

「クロ、隣の古民家に人が越してくるみたい」

地獄のような蟻退治から数日後の週末。俺《おれ》は学校の帰りに、家の近くで停《と》まっていたトラックに遭遇していた。

なんだろうと自転車を止めて眺めていると、一人の女性が降りて、挨拶《あいさつ》されたのだ。そのまま少しだけ雑談したところ、俺の家の隣の古民家——廃屋寸前の空き家に引っ越す予定なのだという。しかも複数人でシェアして暮らす予定らしい。

「なんか、今流行りの、山奥シェアハウスなんだってさ」

「そうですか。それでその女性は他には何か言っていましたか？」

クロが尋ねてくる。

——あれ、女性だって俺、言ったっけ？

俺は少しだけ不思議に思いながら続ける。

「本格的な引っ越し自体は、少し先らしいよ。まずは隣の家の修繕とかからするみたい。ああ、工事で迷惑をかけるかもって、菓子折りっぽいの、もらっちゃった」

俺は鞄《かばん》から取り出してクロに見せる。実は隣といっても数百メートルは離れているのだ。工事でうるさいということもそんなに無いだろう。

「良かったですね。画像診断するとその包装紙は首都の方の有名な高級羊羹《ようかん》屋の品のようです」

「羊羹かー。それじゃあ、お茶の用意でもするかな。というかそんな高いものもらっちゃって良かったんだろうか」

言われてみれば、ずっしりとした重みが手に伝わってくる。包装紙のセンスも、よく見えてくる。

「気になるのでしたら、何かお返しをするのは。ベランダで育てている家庭菜園などはいかがでしょうか」

「あれ、小ネギとかオオバだけど。さすがに羊羹のお返しにはおかしいでしょ」

「ちょうど、小ネギを切らしているかもしれませんよ」

クロの指摘はあながち否定できない。

何せここらへんからは、一番近いスーパーでも自転車で二時間。車でも、それなりに時間がかかるはずだ。運転したことがないから、多分、だが。

ちょっと薬味を切らしたから気軽に買い物に行く、とはならないぐらいの距離はある。

とはいえ、そんなことになっている事などめったに無いだろう。俺がうんうん悩んでいると、クロが呆《あき》れたように提案してくる。

「そんなに悩まれるのでしたら、お昼時ですし簡単に食べられるものを差し入れてみては？

今この家にある食料で、おすすめはそうめんですね」

食料ストックまで完全に把握しているクロの提案。

悩みつつも、他に何も思い付かなかった俺はクロに言われるがままにそうめんを茹《ゆ》でる。小ネギとオオバを添えるのも、忘れない。

最後に水筒にめんつゆを詰めると、隣へと向かったのだった。

【side　緑川《みどりかわ》】

「あの、先程は高そうな羊羹、ありがとうございました。これ、お昼時なんで良かったら。ここら辺て、簡単に食事できるところもないかなって」

緑川は緊張にひきつりそうになる顔を必死で戻し、背後からのその青年の声に振り返る。

そこにはお隣のダンジョンの主《あるじ》がいた。

手に、お盆を持って。

お盆の上には山盛りのそうめん。それに器が数枚に、なぜか水筒もある。

そして山盛りの、刻まれた霊草。そして……。

——霊草の隣、オオバに見えるのはもしかして英霊草？　ま、まるで薬味みたいな盛り付けね。

震えそうになる手を伸ばし、必死に笑顔を作ると緑川はお盆を受け取る。英霊草も高難易度ダンジョンでしか採取できない、霊草に並ぶ貴重さの薬草だ。

「ありがとうね、ユウトくん。ちょうどお昼、どうしようかと思ってたところなの。みな、お隣のユウトくんがそうめんをくれたわよー」

——みんな、助けて！　一人でこれは、無理！

「おお、美味《おい》しそうだ。ありがとうユウトくん」

「やったー！　そうめんですー」

現れたのは加藤《かとう》先輩と、『ゆうちゃんねる』対策メンバーで主に解析を担当している後輩女子の目黒《めぐろ》だ。

緑川たちはクロとの契約のもと、黒1ダンジョンの隣にあった廃屋を買い取り、現在ダンジョン公社の支部の設営準備に訪れていた。

——霊草だけじゃなく、英霊草まで。受け取っちゃったけど、大丈夫なものなのっ⁉

クロとの契約の一つに、黒1ダンジョンに暮らすユウトに可能な限り話を合わせる、という条項が盛り込まれていた。

契約時も首を傾《かし》げた条項だったが、実際に直面するとその困難さと不可解さが一際《ひときわ》、きわだつ。

背中にだらだらと汗を垂らしながら、緑川はお盆から顔を上げる。するとユウトの背後、黒1ダンジョンの範囲のちょうど縁に、浮遊するドローンが見える。

あのドローンの存在も、緑川たちダンジョン公社のメンバーにとっては驚嘆の的だった。ダンジョン内での、機械のモンスター化自体は、報告事例がある。原理は不明だが、報告内容から、どうやら駆動系を持つ機械がモンスター化しやすいとの仮説すら立つほどだ。

しかしクロはどう考えても知性を獲得し、目的を持って人間と交渉を行っているのだ。しかもダンジョンの主である、たぶんきっと人間であるはずのユウトへの配慮を持っている。

――クロさんは、明らかにネームドモンスター。でも、黒1ダンジョンの範囲外に出ないのを見ると、まだ今のところ特殊個体化はしてないのかも。そしてクロさんに動きがないことを見ると、このまま霊草だけじゃなく、英霊草も受け取るのが正解、よね？

とっさにそこまで判断した緑川は、近づいてきた目黒にお盆を押し付けるように渡す。明らかに厄介事を押し付けられて絶望的な目をして見返してくる目黒から、そっと緑川は視線をそらす。

「あっ」

ユウトの声。

それに対策メンバー三人はびくりと身を震わせ、ユウトの方を向き直る。

「えっと？　その水筒にめんつゆ入っているので……」

「──あ、ありがとうです。ユウトくん」

お盆を手にした目黒が、慌ててユウトに返事をする。

「それと」

「何ですかな？」

「水道、開通までですよね。食べ終わったらこちらで洗うので」

「何から何までありがとうございます。ユウトくんて、本当に高校生ですかな？」

──目黒、ナイス質問。

ダンジョンの主、ユウトについては一切《いっさい》の波風が立たないよう最大限の配慮をしながら徹底的な調査が、現在も行われているところだ。

しかし、ほとんど普通の高校生、ということしか判明していない。

唯一わかっているのが、ひとり親で、その父親が有名な地質学者で世界中を飛び回っており、高校生ながら一人暮らしをしていることぐらいだ。

そんな状況なので、少しでも情報は貴重だ。

目黒に続いて質問しようとしたところで、緑川は口ごもってしまう。保有するユニークスキル『不運《ハードラック》』はその特性上、緑川は不運の訪れに対して敏感になっていた。

──これ以上は、今、踏み込んではいけない？

クロの浮遊する黒1ダンジョンから、不穏な気配とでも呼ぶべき雰囲気が漂い始めるのを、緑川は感じてしまう。

そして緑川がためらっている間に、ユウトは帰ってしまっていた。

「緑川先輩、ひどいです。急に押し付けるなんて！　本当に、どうしようかと思いましたです」

「目黒、急いで解析を。特にそうめんは、のびてしまう前に」

ブーブーと文句を言い始める目黒に、加藤先輩からの指示が飛ぶ。

緑川と同じ探索者上がりである目黒も、スキル持ちだ。

そのスキルは、『解析補助《サードアイ》』。効果としては、道具を使用して物事を調べるときに、さまざまな補助がされるスキルだ。例えば虫眼鏡《むしめがね》で手のひらを見ると、その人の特に注目すべき手相が自然とわかる、らしい。

緑川のユニークスキルである『不運《ハードラック》』ほどは珍しくはないが、非常に有用なスキルだった。

目黒はブーブー言いながら廃屋に入っていく。解析用のノートPCと簡単なスキャナーやら検査キットを持ち込み済みなので、そちらへ行ったのだろう。

緑川はその間に、加藤へと質問する。

なぜ、そうめんから解析を指示したのか。そこにあるであろう、加藤先輩の深い思惑が残念ながら緑川には理解できなかったからだ。

「加藤先輩、なぜそうめんから？　どちらかといえば、英霊草の真贋《しんがん》では？」

「黒1ダンジョンだろ。あれは英霊草さ。間違いないだろう。それよりも――」

「それよりも？」

「せっかくのそうめんが、のびたら美味しくないだろ？」

緑川は思わずガックリとくる。

――そうだった。加藤先輩は見た目通り、食いしん坊だった。SNSのアカウントもそんな感じのふざけた名前のものを使ってるんだった、この人。

「ただのそうめんだったら、もしかして食べる気ですか？」

「当たり前だろ。俺たちの最重要ミッションはなんだ？　良き隣人であることだろう。であれば、そうめんは食べて感謝を伝えるべきだろう。違うか？」

「――まあ、確かに。でも、ただのそうめんだったら、ですよ。いいですね」

「おーけーおーけー」

加藤に、軽く論破されてしまう緑川。

そこへ目黒が戻ってくる。

「加藤先輩、緑川先輩。解析結果です」

簡易的なハンドプリンターで出力された紙を手渡してくる目黒。

加藤と緑川は頭を寄せ合うようにしてその紙を覗《のぞ》き込む。その勢いに、若干引き気味の目黒。

「霊草と英霊草は間違いなく本物。しかもどちらも最高品質――」

「そうめんとめんつゆは、一般的な店売りの品のまま、各種食器にも変なところはなし。だってさ、緑川」

にやっと笑って緑川を見る加藤。

その笑顔に、反射的に加藤のすねを蹴《け》る緑川。

しかし加藤はそんな緑川のローキックなど、どこ吹く風とばかりに余裕の表情で、水筒から器に、めんつゆを注《そそ》ぎ始める。

「さてさて。どれどれ」

「え、えーっ？　食べるんですかっ⁉」

うろたえる目黒。その手のお盆から、そうめんを箸で持ち上げると、器のめんつゆにつけて、ズルズルとすする加藤。

「せめて中に入ってからにしてください。加藤先輩。というか、我慢できない子供かっ！」

本日二度目の緑川のすねキック。加藤の器のめんつゆが、振動でちゃぽんと揺れたのだった。

◇
◆

「クロ、緑川さんたちはそうめんを喜んでくれたよ。クロの言う通りにして良かった」

「それは何よりです。ユウト」

「うん。とりあえずはいい人たちみたい。ちょっと安心した」

俺は回収したそうめんを入れていた器類を洗いながら、とりとめのない話をクロとしていた。

俺が洗った器をクロが二本あるアームで受け取り、布巾で水滴を拭き取ってくれている。

クロのホログラムがドローン本体にかぶさるように投影されていて、なんだか本当にそこに猫耳少女がいるかのようだ。

「ユウト」

「うん？　何かな」

「ユウトの不在の時。緑川さんたちがいらしたら、私が応対してもよいでしょうか」

「ああ、もちろん。逆に頼みたいぐらいだ。よろしくね」

「はい。お任せください」

しばし無言でカチャカチャと、流しで食器の触れ合う音だけが響く。

「よし。これで終わりと。洗い物拭くのありがとう、クロ。さて、明日も早いしそろそろ寝るかな」

「明日は高校はお休みでは？」

「ああ。明日は早川《はやかわ》と、お祭りに行くんだ。隣町の赤8ダンジョンが出現十周年記念らしくてね。ちょうど出現祭、やってるんだってさ。誘われたんだよ」

「……そうなのですね。かしこまりました。楽しんできてください」

「うん、ありがと」

俺はどこか不思議そうな表情をしているクロにそう告げると明日に備えて早めに寝たのだった。

◇
◆

「早川、遅刻だぞー」

俺は、駅で駆け寄ってくる早川に声をかける。

「ごめんごめん、準備に遅くなっちゃった」

そう答えた早川は確かに準備に時間のかかりそうな装いをしていた。

シックな色合いの多収納ポケットのジャケットに、足の稼働を阻害しないストレッチデニム。

足元はスポーティなデザインの真《ま》っ赤《か》なセーフティシューズだ。

背負ったバックパックはパンパンに膨らんでいる。

一方、俺はいつもの汚れる時用のツナギだ。

「しかし本当に今日はダンジョンに入るのか？」

「とーぜん。こんな機会、めったにないんだよ！」

お祭りのイベントの一環として、赤8ダンジョンは今日だけ未成年の入場ができる。とはいえ、行ける範囲には限りがあるし、安全のためイベント主催が雇った探索者が、ダンジョン内で警備についている、らしい。

というような事を歩きながら楽しげに話し続ける早川。

「そもそもが、ダンジョンの名称である赤、というのは等級としては一番下、なんだろ？」

「そう。ここは一応、最も簡単なダンジョンの一つだよ。で、国内で赤としては八番目に見つかったから、赤8ダンジョン。ちなみに虹の七色の順番で、難易度が上がっていくの。噂《うわさ》では最難関の紫を超える特別なダンジョンには、黒の名前が与えられるらしいよ」

早川のダンジョントークが終わらないうちに、ダンジョンが見えてくる。

赤8ダンジョンの元となった廃病院。周囲には十周年と書かれた幟《のぼり》が立ち、廃病院のテラスからは垂れ幕がかかっている。

俺にはその景色がなんだかシュールに見える。ダンジョンはそこから富がもたらされるものだとはいえ、少なからず不利益《ふりえき》を周囲に与える可能性がある存在だ。その出現をこうも素直に祭り立てることへ、ちょっとばかりモヤモヤしたものを感じるのだ。

そんなことを考えながら通った赤8ダンジョンの周りの出店ゾーンには、前に来たときの倍は、店が軒《のき》を連ねていた。

美味しそうな匂《にお》いが漂っている。

いつでもお腹《なか》が空《す》いている年頃である俺は、ダンジョンについて考えていたことなどそっちのけで、思わずそちらに引き寄せられそうになる。

「お、あそこが受付みたい。いこっ、ユウト！」

屋台にふらふらと行きかけていた俺の手をガシッと摑《つか》むと、早川は駆け足でダンジョンの入り口に設けられた受付へと走る。

俺も仕方ないなと、早川のあとを追うのだった。


受付でダンジョン入場に関する同意文書——安全に関しては自己責任だよ、いいね？　ってやつだ——を記入し終わった俺たちは、早速ダンジョンの中へと入っていた。

「病院のロビー、そのまんま、なんだなー」

「はいこれ、ユウト。撮影よろしく！」

キョロキョロとしていると、早川からカメラを渡される。

「はいはい。やっぱりドローン撮影の許可は下りなかったの？」

「当然、無理に決まってるでしょ」

「そりゃそうか。はい、じゃあ撮影始めるぞ」

「あっ、もう——」

何か言いかけて、やめる早川。

すぐに満面の笑みを作るとカメラに向かっていつもより少し高めの声で話し始める。

「みんなーっ。こん、にち、にちーっ。ひめたんの、記念すべき初のダンジョン配信、はっじまっる、よん――」

早川の下の名前は、姫だった。

俺は無言でひめたんにカメラを向け、撮影を続ける。

――早川、少しでもバズるといいけどな。

カメラ越しに俺はそう、祈りを捧げる。そうでなければ、こんなにも必死に頑張っている早川が不憫《ふびん》なので。

――早川、顔の作りは十分に良い、とは思うが……。

「でねでね、ここが今回の注目ポイント、だよだよー！」

テンションを上げたまま、両手の人差し指でとある部屋の引き戸を指差す早川。

ドアの横に立っている、今回のイベントで雇われたのであろう探索者がめちゃくちゃ苦笑している。

「こんにちにちー。本職の探索者さん、でっすよねー？　撮影、オッケーですか？」

大丈夫と知ってて話しかける早川に、比較的好意的に対応してくれる探索者の彼。たぶん、こういうことをする相手に慣れているのだろう。

早川が入ろうとしている部屋は今回のお祭り用に用意された言わばアトラクションだ。

定期的に部屋の中に雑魚《ざこ》モンスターがリポップする。

それを係の人――まだ苦笑している探索者の彼――立ち会いのもとに一人一回戦えるのだ。

もちろん、複数人で挑んでもいい。

ちなみに持ってなければ武器も入り口の受付でも借りられる。

「じゃーん。ひめたんの武器は、これだよー」

バックパックをガサゴソと漁《あさ》ると、三十センチぐらいの長さのバールを取り出す早川。

なぜかピンク色だ。

「カラーリング、可愛《かわい》いでしょでしょ～」

ブンブンと両手でピンクのバールを振り回す早川。まあ、あれだ。女子の細腕なので、その殴打の速度がかなりゆっくりなのは、仕方ないのだろう。

「さあ、何が、出るかなかなー。バズりの神様、ひめたんに一番いいやつ、お願いだよーっ」

そう言いながら引き戸を開ける早川。

◇◆

部屋の中では魔素が結実し、一体のモンスターとなってリポップした。

「全然ダメだった。ごめんね、ユウト。せっかく、撮影までつきあってくれたのに」

落ち込んでいる早川。さっきまでの撮影用のテンションから一転。普段の早川と比べても、数段低いテンションだ。

俺たちは撮影を中断して、ダンジョンの片隅で休憩していた。

「仕方ないよ。あれは完全に運なんでしょ」

「そうだけど。あーあ。レアモンスターとは言わないまでも、なんで最弱のが出るかな。小学生でも同じの倒してたよ、あれ」

早川が引き戸を開け現れたのは、今現在確認されている中で、最も弱いとされているスライムだった。

適当な棒さえあれば十歳でも倒せる弱さ、らしい。

実際、ひめたんのピンクバールの一振りで、スライムはペションと潰《つぶ》れて消えてしまった。

その間、僅《わず》か数秒。

画的には当然、全然バエない。それでも僅かな希望を胸に、早川はその場でＡＩに今回撮影した分の画像を編集してもらい、動画をアップしていた。

結果は、不安が的中。

再生回数は十数回から増えることはなかった。

入念に準備をし、必死にキャラ作りまでして臨んだ早川が、へこむのも理解できる。

「まあ、初めてなんだし。上手《うま》くいかなくて当然か」

早川は自分を奮い立たせるようにそう言うと、すくっと立ち上がる。

ここら辺の切り替えの早さは、早川の美点だよなと思いながら、俺は相槌《あいづち》をうつ。

「あれ、ユウト君？」

そこへ、声がかかる。

「ああ、緑川さん。こんにちは。緑川さんもお祭りに来ていたんですね」

「そうなの。奇遇ね」

お隣の緑川さんだった。

「ちょっとユウト。そのお綺麗《きれい》な女性は、どなた？」

「え、ああ。隣に今度引っ越してくる緑川さん。緑川さん、こっちは同級生の早川」

紹介しろということかと思い、俺は二人を互いに紹介する。

早川と緑川さんは互いにとても朗らかに挨拶をする。

「それで、その格好はダンジョン配信？」

「わかりますか。そうなんです。でも、全然、上手くいかなくて」

「そうなの……」

緑川の質問に答える早川。

二人のやり取りを眺めていた俺に再び声がかかる。

「お、この前の坊主じゃねえか。あのときは助かったぜ」

それは前に、うちの近くで道に迷っていた中年間近の探索者だった。

「あれ、そっちはハードラッ――」

緑川さんの鋭い踏み込み。

まるで掌底打ちのように突き出された緑川さんの手のひらが探索者の口を塞《ふさ》ぐ。

「タロマロさん、お久しぶりですねぇ」

「モゴモゴ」

「ちょっと、こっちに来てちょうだい」

「フガフガ」

タロマロと呼ばれた探索者が緑川さんに引きずられて隅の方へ行く。

「え、えっ！　ユウト！　緑川さんが、タロマロって言ってたよね。あの有名なタロマロさんかな⁉」

なんだかカオスだなーと思いながら、俺は少しホッとしながら、うわべだけでも元気にはしゃぐ早川に返事をした。

◇
◆

「緑川さんて、探索者をしていたんですね」

「引退したんだけどね」

俺の質問になぜか視線をそらす緑川さん。後ろめたいことなど無いはずなので、俺はその反応を不思議に思う。

俺が緑川さんと話すその横では、早川がタロマロさんに話しかけている。

「あの、私は早川姫って言います。タロマロさんのダンジョン配信、いつも見てます！」

「おう。ありがとな」

その早川の様子を見て、俺は思いきってタロマロさんに頼んでみることにする。

――ダメもとだ。早川、元気そうに振る舞ってはいるけど。でも空元気な感じがする。さすがに、このままだと早川がかわいそうだよな。

「あの、タロマロさん。お願いがあります。早川、今日初めてダンジョン配信をしたんです。準備もたくさんして、必死にキャラも作って。でも全然良い画《え》が撮れなくて。再生も伸びなくて。何かアドバイスをいただけませんか？」

「あー、そうだな……」

なぜか困ったように緑川さんをチラチラ見るタロマロさん。

パクパクと口パクで緑川さんがタロマロさんに何かを告げる。

「よし、わかった。どうだ、ちょっとダンジョンの奥まで一緒に潜ってみるか？」

ニカッと笑って告げるタロマロさん。

「良いんですか⁉　やったー。ありがとう、ユウト。私のために頼んでくれて」

心からの満面の笑みを見せる早川。

なぜか顔を覆《おお》って天を仰《あお》ぐ緑川さん。

そしてタロマロさんは、そんな緑川さんを見て首を傾げていた。

【side　タロマロ】

——お、あれはハードラックの姉御じゃねえか。懐かしいな。探索者やめてダンジョン公社なんかに入ったって聞いてたが。

俺は話していた坊主の向こうに見えた緑川に声をかける。

「あれ、そっちはハードラッ——」

その瞬間、踏み込んできた緑川に一瞬で口を塞がれる。

「タロマロさん、お久しぶりですねぇ‼」

——おう。久しぶり。ハードラックの姉御も衰えてないみたいだな。

残念ながら口を押さえられていて、モゴモゴとしか声が出ない。

「ちょっと、こっちに来てちょうだい（……抵抗したら握り潰すから）」

ずるずると引きずられながら、後半は小声でしかしドスをきかせて囁《ささや》くように告げる緑川。

——変わってないねぇ。姉御も。はいはい、ついていきますよ。

その俺の返事もやはり、口を塞がれていてフガフガとしか声が出なかった。

そしてダンジョンの隅、周りに誰《だれ》も居ないところまで連れてこられたところで、ようやく俺の口から手を離してくれる。

「全く。それでどうしたんだ。久しぶりで潰されそうになるとは思わなかったぞ。ハードラックの姉御とも思えない慌てぶりだったが……」

「はぁ。タロマロ。お前もここに居合わせた不運を呪うといい。……黒案件だ」

「——まじかよっ」

「まじだ。そして悲しいことにダンジョン公社が委託を受けている。しかも現場の総責任者は私だ」

そう言って、一枚の真っ黒に見えるカードをそっと見せる緑川。

「もしかして、ゆうちゃんねる、か」

「っ！　さすが国内トップクラスの探索者チーム、『昔日《せきじつ》の恩讐《おんしゅう》』のリーダーだな。どこまで理解している？」

「いや、全然だが……あの坊主か？」

「ふぅ。そうだ。彼はユウト。黒1ダンジョンの主。動画投稿チャンネル『ゆうちゃんねる』

に映っている者だ」

「なんともまあ。……黒1ダンジョンか」

「ああ。タロマロもランカーなら、黒の意味はわかるだろ?」

「ああ。規格外、超越存在の棲《す》むダンジョンに与えられる黒の称号。国の完全管理下でアンタッチャブルの存在のはず、だ。というか、正式名称か?」

「そうだ」

「よく名前を受け入れさせたな」

「苦労した。しかしおかげで、僅かでもこちらから影響を与えられることはわかった」

「ああ。頑張っているみたいだな。しかし、あの坊主が? それにさっき映っている者、だと言ったな」

「経緯は複雑なんだ」

そう前置きして、現在ダンジョン公社が摑んでいる情報の、一部を教えてくる緑川。

「という訳で、我々は良き隣人であらねばならない」

「信じられん話だが……」

「タロマロもランカーとして長年ダンジョンに潜っていれば体感したはずだ。ダンジョンの中では、すべてが変質する」

「それは確かにそうだ」

「……これを見ろ。外部には出ていない動画だ」

そう言って、スマホを見せてくる緑川。そこには黒髪の少女とユウトらしき者の姿が映っていた。そして大量の、おぞましいほどに強大な力を持ったモンスターたち。

「これは、ジェノサイドアントかっ⁉」

「そうだ。ユウトは一人であっという間に数百以上のジェノサイドアントを屠《ほふ》っている。既に彼は、人の枠を著しく超越してしまっている」

「確かに黒案件だな……ここに到《いた》っては彼の拘束や殺害は悪手か。不要な刺激で彼の内部に集積した膨大な力が、新たな変質を起こしかねないな」

「そうだ」

「もう手は無いと？」

「いやまだだ。まだ、ユウトは自分のことを人だと思っている。その誤解を誤解のままに維持する必要がある。ことは非常に繊細なバランスの上に調和しているのだ。そして、かの代理人もその調和の継続を望んでいる」

「代理人ね、まあいいが」

「さて、ここまで来たらわかっただろう。タロマロも協力してくれ。これは強制だ」

そう言って、黒いカードをチラチラ見せる緑川。探索者にはいくつか絶対の義務がある。

残念ながら今回は、まさにその一つだった。

「はぁ、仕方ない。せめてギャラは出るんだろうな」

「出る。黒1ダンジョンから産出する霊草と英霊草が定期的に納品されている。その対価は国が用意したユウトの秘密の口座に、本人も知らないまま振り込まれている。そして今回のように、お前へのギャラといった必要経費は、その支払いから天引きされる許可が代理人から下りている」

「霊草に英霊草か。それは確かに俺のギャラなんて誤差みたいなもんだな。了解。なんといっても義務だしな。――それに、またお前と肩を並べられるのは嬉《うれ》しいぜ」

「やめろっ」

ばっと俺から離れる緑川。しばらく睨《にら》み付《つ》けてくる。

「……はぁ。全く。もう、戻りますからね。――真面目《まじめ》にやってくださいね、タロマロさん」

そこで急に作り笑顔になると、声もがらりと変える緑川。探索者をやめた緑川は、今はこういう感じでやっているようだ。

俺はそんな緑川に苦笑しながら答える。

「ああ、ともに良き隣人となれるよう頑張るよ」

俺はそう告げると、相変わらず嫌そうな顔を浮かべた緑川の横を一緒に歩まんと、決意の一歩を踏み出した。

◇
◆

タロマロさんの口利《くちき》きで、こんなに簡単で良いのかと驚くぐらいにスムーズに、赤8ダンジョンの第二層へと進むことを許された俺たち。

俺はそのままカメラを構えて、早川を撮影していた。

二層に入ると、その造りはがらりと雰囲気が変わっていた。病院っぽさが減り、どこかの地下室のような見た目の通路が続いている。

——どことなく、家の地下室を思い出すんだよな……。

俺はあんまり好きな雰囲気ではないので、なんとなく落ち着かない。

一方、早川は通路を進みながら色々とタロマロさんへ質問していた。

「——俺も女性配信者の方は専門家じゃねえからどうしても一般論になるんだがな。これだけは言える。キャラづけってのは、基本的にはやめた方が良い」

「え、そうなんですか！　でも、人気のダンジョン動画配信者ってみんな、個性的ですよね」

タロマロさんは厳《いか》つい見た目のわりに世話好きなところがあるようだ。

早川の質問にも真摯《しんし》に答えてくれている。

「それは否定しないがな。だが、よく考えてみろ。深層へと行くほど、キャラなんて演じている余裕はなくなるんだ。そんなことを気にしていたら、死ぬだけだからな」

「な、なるほど。確かに」

「それにダンジョン配信の人気の根幹は、そういった極限下でかいま見える、その人物の本質さ。ダンジョンの外で撮った動画と比べたら、そのリアルさは段違いだろ？　だから素をさらけ出す方が大事なのさ」

「そう、ですね。私もそこが好きでダンジョン配信を見ている気がします……」

考え込む早川。

「まあ、俺からのアドバイスはこんなもんだ」

「っ！　あ、ありがとうございました」

そう言って、ペコリと頭を下げる早川。そしてタロマロさんが俺に向かって軽く手をあげて、指を上下させる。

「ちょっと撮影中止だ」

「はい」

俺は言われるがままに撮影を一度止める。

「今のをさ、ベテラン探索者にダンジョン配信のコツを聞いてみた、とかで上げるのが良いと思うぞ」

「なるほど、そういう切り口もあるんですね。配信て、面白《おもしろ》いですね」

俺は素直に感心する。確かに同じ悩みを持つ配信者とかには見てもらえそうだ。

「え、良いんですか！　チームの方に許可取りとか……」

「なーに。まあ、戦闘の場面とかだと色々とあるがな。今のは話しているだけだからな。大丈夫だろ」

「――タロマロさん、相変わらずですね」

心配そうに確認する早川に安請け合いするタロマロさん。そんなタロマロさんに呆れた視線を向けるのは一緒についてきてくれた緑川さんだった。

「知りませんよ。チームの動画配信担当の人に怒られても」

「ははは。……怒られる、かな？　あー、ごほん。とりあえず、ちょっと周囲を掃除するからここは撮影、無しな」

「わかりました」

俺はカメラを下に向ける。

どうやらモンスターが近くにいるようだ。カチャカチャという音が近づいてきている。

現れたのは人型のホネのモンスターだった。

しかしタロマロさんはあっという間にそれらを倒してしまう。

――タロマロさんて、有名人らしいけど、そんなに強くない？　いや、まさか、そんなはずないよな。

俺はタロマロさんの戦いぶりに少し違和感を覚えるも、つきつめて考えようとしたところで、別のことに気をとられてしまう。

「あれ？」

ツナギのポケットで、何か動いているような感覚がするのだ。

「うん？　どうしたユウト？」

「いや、何でもない。——ああ。入れっぱなしだったか」

ごそごそとツナギのポケットに手を入れると俺の指先に触れる固い金属の感触。

それは前に蟻退治をしたときに見つけた、黄金の懐中時計だった。その蓋《ふた》を開けてみる。

すると、止まっていたはずの時計の針が、高速で回転していた。

俺の手の中で、懐中時計の針の動きがピタリと止まる。

それも、長針と短針がピタリと重なり合うようにだ。

そして不思議なことに、普通の時計では止まらないはずの、1時の文字の上。寸分ずれることなく、二つの針が重なり合っている。

なぜかそれを見て、これから起こる異変を懐中時計が教えてくれているかのように、俺には感じられた。

そしてその感覚がまるで正解だったかのように、ダンジョンに異変が起こる。

最初に感じたのは、地鳴りだ。そして襲いかかってくる足元の激しい揺れ。

「地震？」「きゃぁっ」

俺は倒れそうになった早川をとっさに支える。

「まずいぞ。ダンジョンの『存在進化』だ。引き離される。みな、俺につか――ブハッ」

タロマロさんが叫んでいる途中で、ふと、その姿が消える。足元から飛び出してきた床材がタロマロさんの腹部に直撃。その体が高く吹き飛ばされていく。

そのまま、ダンジョンの構造が急速に組み変わっていく。先程まで床だったものが次の瞬間には、斜めの壁になる。

とっさに俺は早川をお姫様だっこすると、斜めの壁を滑り落ちていった。

◇◆

滑落が止まる。

「ここはどこだ？　早川？　早川っ？」

俺は腕の中の早川に声をかける。返事がない。意識を失っているようだ。いくら声をかけても目覚める気配がない。

「呼吸は、ある。滑り落ちている間には、どこもぶつけていないはずだが……」

そこで、俺は周囲の空気がどこか重く、呼吸が少し苦しく感じることに気がつく。

「もしかして、この空気のせいか？」

俺は今何をすべきか、必死に頭を巡らせる。

――遭難時の基本は動かないことだが、ここはダンジョンだ。助けは、来ない。であるなら、動くしかない。

俺はそっと早川を下ろすと、早川の持ってきた荷物を漁る。そこから取り出した小ぶりのブルーシートで早川の体を包む。

手頃な布がない。仕方なくハンカチを早川の口と鼻が隠れるように巻き付けて縛る。カメラをバックパックにしまい。懐中時計は一度蓋を開けて確認する。

――針の位置は変わっていないか。やはり異変を伝えてくれたのかな。

俺は懐中時計を再びツナギのポケットへ入れる。

最後に、ピンクのバールは床へ。

そして、気合いを入れる。

「よいしょ」

ブルーシートに包んだ早川の体を片方の肩に担《かつ》ぐようにして持ち上げる。

――意外と、なんとかなるな。これで片手は使えるか。

空いた片手にピンクのバールを持つと、俺は壁沿いに歩きだした。

「薄暗いな……」

俺は周囲を警戒しながら慎重に歩みを進める。

今のところモンスターとは遭遇していない。

変な虫が数匹、いただけだ。

「このダンジョンに出るモンスターって、タロマロさんが倒していた人型の骨、とかなんだろうな。今のところそれっぽいものはいないけど」

今いる空間は、どことなく自宅の地下室に似ていた。時たまゾワッとする。そして他より影が濃く見える部分が、そこかしこにある気がする。

俺は無意識に手にしたピンクのバールをプラプラと振りながら進む。

「虫が増えてきた。うわ、また踏んじゃったよ。簡単に潰れてくれるのはいいんだけど」

いつの間にか、小さめの広場っぽいところに出ていた。その床を覆うほどの虫の大群。しかも雑多な種類がいるようだ。

「うん？　なんか一瞬——いや、見間違いか。はあ、踏まないでいくのは諦《あきら》めるしかないか」

俺は数多《あまた》の虫たちが、まるで一つの生き物かのように規則正しく動いているような錯覚を覚える。

しかしザクザク、ザクザクとそれらの虫を踏み潰しながら数歩踏み出すと、それは完全に錯覚だったとわかる。逃げ惑うような動きを見せる虫たち。俺はほっとする。

「これならなんとか踏まないで歩けそう――あぁ」

言ったそばから、一際大きな虫を踏んでしまう。足裏で感じる、プチプチグチュグチュといった感触。思わず目をつぶってしまう。

ため息を一つ。覚悟を決めて目を開けると、虫たちが消えていた。

「あれ？　逃げてくれた？　良かった……」

一般人に過ぎない俺はやはり知らなかった。

俺たちが滑落してきた先がダンジョンの最下層だったことも。

一気に青相当まで存在進化したダンジョンのダンジョンボスとして、最下層に魔虫の群体が出ることがあることも。

最後に踏み潰したのが群体の中心存在であり、ダンジョンコアを兼ねた個体だったことも。

そして何よりも重要なことは、ダンジョンボスの放つ魔素で、耐性のない早川が昏倒《こんとう》していたこと。

ダンジョンボスを倒したことで薄れる魔素濃度。それにも気づかないまま、俺は汚れてしまった長靴の底を床に擦《こす》り付けるようにして虫の体液を少しばかり落とすと、よいしょと早川を担ぎ直す。

「……うぅん」

ブルーシートのす巻きから、くぐもった声がする。

俺は慌てて早川を肩から下ろすと、ちょうど意識を取り戻した早川と俺の目が合う。

す巻きにされ口と鼻を覆われた状態の早川と、ピンクのバールを手に佇《たたず》む俺が、じっと見つめ合う。

「いや、これは違うんだ――」

「ユウトの主張は、わかった」

「良かった。早川《はやかわ》なら、話したらわかってくれると――」

「そもそも、今回も撮影のためにユウトを誘ったのは私でしょ」

「う、うん」

「緊急時で原因不明の昏睡《こんすい》状態だった私を見捨てないでくれた事には、本当に感謝しかないよ」

「お、おう。いや、俺《おれ》が早川のこと見捨てる訳ないだろ」

「っ！　もう……」

そこで急にうつむく早川。

しばしの無言。そしてうつむいたまま、小声で話を再開する。

「でもね」

「はい」

「さすがに私も、お、女の子だよ。す巻きにして肩に担《かつ》ぐのは――酷《ひど》い、よ……」

うつむいた顔を少しだけ上げて、目だけこちらに向けてくる早川。

「はい、すいませんでした」

俺は素直に、心の底から謝っておく。

「はぁ。ユウトに、す巻きにされちゃった――」

「な、何かお詫《わ》びをするからさ。……無事に外に出れたら」

「……そうだね。まずは無事に出れるように最大限、手を打たないとだよね。とりあえず、はい」

「え、ああ。はい」

俺は差し出された早川の手にピンクのバールを返す。

「ユウトはまだ一度もモンスターと遭遇してないんだよね？　私は一応一匹だけど、モンスター倒してるし」

ブンブンとピンクバールを振る早川。

「ああ、虫ぐらいしかいなかったな。――ちょっと他より薄暗い場所とかは、あったけど」

「ふふ。ユウトはお化けとか苦手だもんね。でもおかしいな。多分下層に落ちているはずだし、最後にタロマロさんがダンジョンが存在進化したって、言ってたよね」

「言ってたな。あと別にお化けが怖い訳じゃないぞ。ただ暗いところだとゾッとするだけで――」

「存在進化して、ここが橙《だいだい》か黄相当まで難化したんだとすると私が魔素酔いで昏倒《こんとう》しちゃったのも納得なんだ。けど、だとすると何でモンスターがいないんだろう。それにユウトは何で大丈夫なのかも――」

「早川？」

小声で呟《つぶや》く早川。声が小さ過ぎてよく聞き取れない。

「ううん。何でもない、あっ！」

「どうした！」

早川が指差した先。ダンジョンの床や壁から、ふわふわとした白い光のようなものが湧《わ》くように出てきていた。

「これ、ダンジョンボスが討伐されたんだよ！」

「どういうこと？」

「私たち、助かるよ！」

ぎゅっと抱きついてきて歓喜の声をあげる早川。

次の瞬間、気がつけば俺たちは外にいた。

【side　タロマロ】

「お、ハードラックの姉御。無事だったか」

「タロマロさん。名字でお願いしますね」

笑顔の緑川《みどりかわ》。ただその手だけがニギニギしている。まるでなにかを握り潰《つぶ》すかのような仕草。

「はいはい、緑川。で、ダンジョンボスの撃破は緑川か？」

「ということは、タロマロさんでもないんですね」

ダンジョンボスが撃破されたことによるダンジョンの消失。それによって、かつて赤8ダンジョンだった廃病院があった場所はだだっ広い広場となっていた。

ダンジョンが消失すると中にいたそのダンジョンに属さない存在は、強制的にその跡地へと移動させられる。そうして転移してきた俺は、たまたますぐ近くに同じように転移した緑川へ声をかけたところだった。

「赤8ダンジョンは存在進化で、俺の体感だが青相当まで急速に難化したはずだ」

「ええ、奇遇ですね。私も同じ意見です」

「青と言えば上から三つ目の難度だ。そこのダンジョンボスと言えば俺でも一人で倒すのは相当骨が折れる。腕の一つや二つは犠牲覚悟だな」

「最大限の準備があれば、私は一人で腕を失《な》くさずに殺《や》れますよ」

得意気に緑川がマウントをとってくる。俺もユニークスキルを最大限活用する緑川の実力は認めている。探索者時代はそれゆえの、『姉御』呼びだったのだ。

「ふん。じゃあやっぱり姉御と呼ぶぞ」

「……失礼しました」

素直に頭を下げる緑川。

そんな俺たちの周囲を、ふわふわと真っ白な光がいくつも足元から上空へと上っている。

この光はダンジョン消失時特有の現象だ。俺はこの光景に何度か立ち会ったことがあるが、いつ見ても幻想的だ。

「まあ、なんだ。このタイミングで他に高ランカー探索者は赤8に潜っていたのか？」

「いえ。私たち以外だと一番上で回下印《カイカイン》さんですね」

「チームで潜っていたとしても存在進化でバラけるはず。そしてあいつはソロ討伐は向いてない。だとすると、討伐のタイミング的に違うな。存在進化からほぼ間を置かずに討伐されたからな」

「でしょうね」

そこで同じ結論に達した俺たちは、二人して大きくため息をつく。

「ユウトだな」「ユウトくんね」

俺たち二人の口から同時に同じ名があがる。

「対策なんて立てられないぞ、どうする？」

「万が一の奇跡が起きていて、無自覚でいてくれたままなのを祈りつつ。ダメなら死ぬ気で誤魔化《ごまか》しましょう」

「それしかないな」

そう言って俺は緑川の背後を指差す。

そこにちょうど話題の主《あるじ》のユウトと、その隣には早川がいた。二人はこちらへ向かって大きく手を振っていた。

◇
◆

「緑川さん！　――私たち、助かったんですよね」

早川が緑川さんへ駆け寄り、ぎゅっと抱きつきながら確認している。

「ええ、もう大丈夫よ」

安心させるように抱きしめ返す緑川さん。

その二人の横で、俺はタロマロさんに質問をする。

「大丈夫でしたか、タロマロさん。めちゃくちゃ吹っ飛んでいたみたいですけど」

「はは、見られていたか。いやなに、問題ない」

「それは良かったです。それで、早川から聞いたんですけどこれってダンジョンボスが討伐されてこうなってるんですか?」

俺は周囲を埋め尽くすようにフワフワと立ち上っている白い光を指差す。

ちょうど一つ立ち上ってきた光が俺の指先に触れてパチンと弾《はじ》けて消える。

「そうだな。ダンジョンボス撃破によるダンジョンの消失現象だ」

「タロマロさんたちが討伐したんですか?」

俺の質問にすぐに答えないタロマロさん。緑川さんも早川との抱擁を解いて、こちらを向く。

「いや、違うんだ。ちょうどさっき、緑川ともその話をしててな。ユウトと嬢ちゃんは何かそれらしいやつを見かけたか?」

一見、不思議そうな顔をしているタロマロさん。しかし、タロマロさんも緑川さんもその瞳《ひとみ》はとても真剣なのがわかる。

――俺と早川を不安にさせないように軽い感じに訊《き》いてきている? けど、俺たちの返答、かなり重要視されているって感じかな。残念ながら、大したものを見てないんだよな。

「うーん。申し訳ないんですけど、大したものを見てなくて。最初に落ちたところは結構薄暗くて。ほんと所々、影の濃いって感じの場所でした。それで少し歩くと広い空間に出たんです。いろんな種類の虫がいっぱいで。気持ち悪かったです。でもすぐにいなくなってました。それぐらいです」

「私は、気を失っていて。気づいたらすぐにダンジョン消失でした」

たいして役にも立たないであろう、俺たちの見たことを告げると、なぜかホッとした雰囲気が漂う。

「そう。その様子だと、二人とも怪我《けが》とかもしてなさそうね」

「はい。虫を踏んでしまって長靴が汚れたぐらいです」

「そ、そうなのね」

こちらを気遣うような笑みをして質問してきた緑川さんの顔が、俺の足元を見てひきつる。

――あ、緑川さんも虫とか苦手なのかな。申し訳ない。

「まあ、誰《だれ》がダンジョンボスを討伐したかはここで話していても埒《らち》があかなそうだな。そういった調査は、上の偉いやつらがやるだろうさ。ほら、話をしてたら来たぞ」

「あ……うわーっ。ダンジョン公社だ！」

「ダンジョン公社、ってなんだっけ、早川？」

「えっとね、国からダンジョン関連の業務を任されてる中で一番大きいとこ。エリート揃《ぞろ》いなんだよ！」

揃いの制服を着た集団がこちらへ向かって歩いてくる。その後ろには、消防やら警察やらの車両が次々に現着していた。

辺りは一気に雑然とする。

数人いた怪我人はあっという間に運ばれていく。それ以外のダンジョンの存在進化に巻き込まれた俺たちのような一般人は、一ヶ所に集められる。

警察と消防、そしてダンジョン公社により持ち込まれた集会用テントと折り畳み椅子《いす》が手早くいくつも設置され、その中で待つように言われる。

俺と早川と緑川さん。それになぜかタロマロさんも一緒にいた。

「俺の権限で二層にいたからな。監督責任が発生するのさ」

「そういうものなんですね。それで、これからどうなるんですか？」

「まあ、簡単に事情聴取はされるが、ユウトたちはすぐに解放されると思うぞ」

そんなことをタロマロさんと話していると係の人に呼ばれる。

向かった先にいたのは、責任者らしき風貌の男性と事務職っぽい女性だった。その手もとには何枚かの書類。ちらりと見えた内容からして、俺もダンジョンに入るときに書いた、同意書のようだ。

「ダンジョン公社課長の双竜寺《そうりゅうじ》だ。こちらは江嶋《えしま》。不便をかけて済まない。形式的なものになるがいくつか質問をさせてもらいたい。そちらが田老《タロウ》さんだね」

「探索者登録No.315-237-001チーム『昔日《せきじつ》の恩讐《おんしゅう》』リーダー、田老麿贄《マロニエ》だ。ダンジョン管理法第二七条三項に基づき、こちら三名を同行者枠にて赤8ダンジョン二層に引率していた」

すらすらと答えるタロマロさん。こうしているところを見ると、一流の探索者なんだなぁと改めて思う。

「その際にダンジョン進化に巻き込まれた、で間違いないかな」

「ああ、間違いない」

そのまま一人ずつ、俺たちは双竜寺さんにダンジョン内での事を話していく。

最初は無理を言ってタロマロさんに二層に連れていってもらった事を怒られるかな、と不安だったが、どうやら法的にも問題なかったようだ。

一通り話し終えると、俺と早川は解放となる。

「早川さんはご両親に連絡がついています。迎えに来るそうですので、先ほどのテントでお待ちください」

江嶋と紹介された女性が早川に告げている。

「あ、ユウトくんは家が隣なので私が送っていきます」

「全然、一人でも帰れますよ」

「ダメよ。これも大人の責務ってやつなの。まあ、ダンジョン公社の人にお願いしてもいいけど」

俺はそういうものかとしぶしぶ、緑川さんに同意する。

「じゃあ、ユウトくんも早川さんと待っててね?」

「わかりました」

そう告げて俺と早川は一足先にテントへと戻った。

◇◆

「パパとママが来るのか……」

「なんだ、あんまり嬉《うれ》しそうじゃないな」

「二人とも心配症なんだよね。あとちょっと大げさというか」

「ああ。――まあ、ほどよい距離感て、大事だよな」

「そうだよね！　ユウトもそう思うよね！」

そんなことを俺と早川がのんびり話していると、ダンジョン公社の係員っぽい人から飲み物をいるかと訊かれる。しかも、水かコーヒーか選べるらしい。

俺は水のペットボトルを、早川は缶コーヒーをありがたくもらう。

「すごいね、ダンジョン公社って。警察と消防よりも権限が上だし、何よりこういうことに、すごい手慣れてる感じする」

「そうだなー」

感心している早川に同意していると緑川さんも戻ってくる。顔色が少し悪いように見える。

「緑川さん、大丈夫ですか？」

「え、大丈夫よ。あら、それ配給？　私ももらってこよ――」

その緑川さんの声を遮《さえぎ》るように、騒がしい声が辺りに響く。

「マイスイート、プリンセスっ!!」

「ひめちゃんーっ！　よかった。よかったわ、無事でー！」

早川の両親が着いたらしい。

飛びつくように抱きしめられ、ひとしきり両親からもみくちゃにされる早川。そのまま、質問攻めだ。それに受け答えする、達観したような早川の表情に、俺は秘《ひそ》かに頑張れ、とエールを送る。

早川がようやく両親を引き剝《は》がすと、俺たちの事を紹介してくれる。

一転してとても落ち着いた雰囲気を漂わせて、俺と緑川さんに話しかけてくる早川のパパとママ。

「君がユウト君だね。いつも娘から話は聞いているよ。うちの娘が迷惑ばかりかけて済まないね。今日は娘を助けてくれたのだろう？　本当にありがとう」

深々と頭を下げてくる早川パパ。早川ママも緑川に感謝を伝えている。

「あ、いえ、そんな俺は何も――」

「極限状態で、娘を見捨てても誰も君を咎《とが》められない状況だ。そこで君が娘を助けてくれた行動は称賛に値する。そんな謙遜は不要だと、私は思うよ。ユウト君」

どうやらす巻きにして運んだ件のようだ。俺は背中に汗をかきながら、それでも冷静を装って応対する。

「あ、はい。ありがとうございます」

そして早川パパと早川ママは早川を連れて嵐《あらし》のように去っていった。

「さて、送ってくわ。ユウトくんは自転車？」

「――そうです」

「じゃあ、車に積み込んじゃいましょうか。こっちよ」

「……」

「――なかなか、強烈なご両親だったわね。いい人っぽいけど」

「――ですね」

俺はそこでなんだか少し緑川さんと通じ合ったような気がした。

【side　緑川】

ユウト君と早川さんが出ていく。

じっと二人の後ろ姿を見ていた課長が、はぁと大きくため息をつく。

「それで、緑川。タロマロさんにはどこまで話してある？」

「ランクBの情報までです。現地協力員として仮契約を結びました」

「よろしい。タロマロさん、君の協力は心強い。よろしく頼むよ」

「恐縮だ。双竜寺さん」

握手を交わす課長とタロマロ。

「それで課長、状況はどんな感じですか」

「混沌《こんとん》としている。我々のコントロール下を離れるかの瀬戸際だな」

「そこまで、ですか」

「ああ。実質、青相当のダンジョンの単独踏破だ。世界で見ても二例目となる」

「やっぱり赤8ダンジョンは青まで難化したんですね。それで討伐者はどう発表するんですか」

「どうしたらよいと思う？」

私と課長のやり取り。逆に質問されてしまう。

そして自然と私たち二人の視線は今回ダンジョンにいた中で最もランクの高い探索者へと向かう。

「いや、無理だぞ！　だいたい俺は、存在進化値も公開してるだろ。青級のダンジョンボス討伐したのに、それが変わってなかったら、当然嘘《うそ》だってバレるぜ」

「ですよね」

私はそうだよなとため息をつく。基本的に高ランカーでダンジョン配信をしている者たちは皆、存在進化値を公開しているのが一般的だ。それが一種のステータスにもなるし、なによりも自身が人の範疇《はんちゅう》に収まっているということを、自他共に確認できるからだ。

課長もタロマロの言葉に重々しく頷《うなず》く。

「公式には不明とするしかないだろう」

「――ということは非公式があるのですね」

「そうだ。各国上層部から問い合わせが殺到している。黒案件は、セドゴア条約によって報告義務があるからな。各国の注目が集まっていたところでの今回の青の単独討伐だ。色めき立つのも仕方ない」

「滅びし大陸、セドゴア。世界初の黒級ダンジョンの出現地。その暴発によって滅んでしまった、かつての大陸の跡地たる海洋上で調印された条約ですね」

私と課長の話を嫌そうな顔をして聞いていたタロマロがぽつりと呟く。

「外の連中は、それだけじゃ済まないんじゃないですか、双竜寺さん」

「察しがいいな。そうだ。情報のより精度の高い共有を求められている」

「具体的には？」

「動画による随時の情報提供だ」

「え、そんな！　情報の秘匿《ひとく》に関するコンセンサスはとれるんですか⁉　突っぱねましょうよ」

「残念ながら、決定事項だ」

「つまり……」

「そうだ。済まない、緑川。最大限のフォローはする。代理人との交渉を頼む」

「っ！　はい。善処します……」

「緑川……」

「タロマロは黙ってて。それでは私はユウトくんが待っているので、これで失礼いたします」

「わかった。頼む。タロマロさんはもう少しいいか」

私は課長に退出を告げ、背を向ける。

ぐるぐると無数の不安が頭の中を駆け巡る。

しかし私は意識して気分を切り替えると先ほどの天幕へと向かった。

◇
◆

「あれは、緑川さん？」

俺はいつものように自転車で学校から帰宅中、緑川さんが歩いているのを見かけた。

赤8ダンジョンが消えてから数日後。落ち着いた日常がようやく戻りつつあった。

俺が見ている前で、すぐに自分の家に入っていく緑川さん。ちらりと見えた緑川さんの表情はなんだかとても憂鬱《ゆううつ》そうだった。

声をかけるのがためらわれるぐらいには。

結局俺はそのままペダルを踏み、自宅へとたどり着く。

「ただいまー」

「お帰りなさい。ユウト」

ベランダからクロが出迎えてくれる。最近は、クロがベランダのプランターの世話をしてくれているのだ。とても綺麗《きれい》に整えられていて、どのプランターの植物の葉も艶々《つやつや》としている。

クロは、なかなか植物の世話がうまい。

俺が適当に育てていた時より小ネギやオオバの育ちも良い。

「クロ、緑川さんが来てたりした？」

俺はベランダのクロに問いかける。

「はい。お菓子をいただきました。おすそわけのようです」

そう言ってお菓子の箱を示すクロ。

「そうなんだ。うわ、美味《おい》しそう。で、そうそう。緑川さんって疲れてる感じだったりした？」

「すいません。そこはよくわかりませんでした。あと、ユウトに一つ報告があります」

「ん。なに？」

「家の裏に蜂の巣ができています」

「蜂の――？」

「巣です」

そのままクロに案内されて、少し離れたところから蜂の巣の位置と大きさを確認する。蜂の巣は、はっきり目で見てわかるほどの大きさがある。

「え、さすがにこれは初めてなんだけど。こういうときって業者？　え、いくらかかるの」

俺は急いでスマホで相場を調べる。

「うわ、意外と高い……なんとか払えないことはないけど。仕方ないか」

蜂の巣除去のおすすめサイトに出ていた一番トップのところに電話してみる。

「はい。はい。そうなんです。住所は――で、巣の大きさはだいたい――。はい。え、そんなに……。いえ、それは、いったんなしで」

俺はスマホをしまって大きくため息をつく。

おすすめサイトの二つ目にも、そのままの勢いで電話してみる。同じような返答。そのまま、片っ端から電話していく。

「ダメだ――」

「どうでしたか、ユウト」

「それがさ。どこも、一、二ヶ月待ちだって。この時期、蜂の巣の除去、多いらしい」

「それは困りましたね」

「困った。一、二ヶ月も蜂と同居とか怖過ぎる。あ」

俺は再び取り出したスマホで色々と調べ始める。

「――いや、でも。――うん、これなら、いけるかも」

「どうされるのですか？」

「うん。自力で除去してみようかと思ってさ。蜂の巣」

「それは、お気をつけて」

「ありがと。とりあえずちょっと必要な備品とか明日の帰りに買ってこないとな」

俺はすっかりセルフ蜂の巣除去にやる気になっていた。


【ダンジョン公社『ゆうちゃんねる』特別対策チーム支部地下、対策分室にて】


「緑川先輩！　お勤めご苦労様です」

「緑川！　まずは座れ。無事の帰還、何よりだ」

ユウトの自宅を訪ねて帰ってきた緑川を最大限、労《ねぎら》う目黒《めぐろ》と加藤《かとう》。

「目黒、それは使い方が違うからね。あ、加藤先輩、お茶、ありがとう。はぁ、とりあえずはこちらの希望は伝えられたわ。あとはクロさんが――」

「あ、早速『ゆうちゃんねる』が会員限定配信に切り替わっています！　課長からのゴー、出ました。事前に準備していた国内外の会員希望者のリストを、クロさんに送信しますです！」

モニターを見つめていた目黒の叫び。その指は忙《せわ》しなくキーボードを打ち込んでいる。目黒の送信したリストというのは、セドゴア条約を批准《ひじゅん》している各国の首脳部や有力者が中心だ。

「クロさん、判断がはやいっ！」

ぐったりしていた緑川がガバッと身を起こすと、モニターに食らいつくようにして身を乗り出す。

先ほどの緑川とクロの話し合い。スキル『不運《ハードラック》』で数日間不幸を前借りして臨んだ成果が、今まさに結実しているところだった。

「ゆうちゃんねるから、ダンジョン公社にも会員用の動画閲覧許諾、来ました！　登録完了です！　――すごい勢いで限定会員が増えています」

外圧に負けての今回の任務。果たしていくら不運《ハードラック》を使用したとしてもクロが受けるかは半々だろうと見積もっていた緑川たちの予想は、良い方向で裏切られた結果となる。

今回のゆうちゃんねるの会員限定化によって、各国の予算から見ても決して安くはない月額金額が、ユウトの秘密口座へと振り込まれる事となる。

しかし、黒案件たるユウトの情報には、それだけの価値を認めている国が多いということでもあった。

「緑川先輩、課長からです。暗号化済みです」

緑川は、目黒が回してきた電話に出る。

「緑川、まずは任務の成功おめでとう。流石だ」

「ありがとうございます」

「それで、ユウト君の自宅。ダンジョン区域の外からの目視で、何か見えたか?」

「目視した限りでは大きな異変は見つかりませんでした」

「そうか。それは朗報だ。ゆうちゃんねるが会員限定になったとはいえ、余りに衝撃的過ぎる動画は不要な波風を起こす。動画の内容は代理人たるクロに一任せざるを得なかったとはいえ、な。会員限定後の最初の動画は数日以内にアップされるだろうが……」

「はい。さすがに、これまでの霊草やジェノサイドアントほど刺激的な動画は流れないと思います」

緑川も課長の予想に同意する。

しかしその翌日には、その楽観的な予想は簡単に外れることとなる。

ユウトによる蜂の巣のセルフ駆除が、クロによってライブ配信されるのだ。ジェノサイドアントすら可愛《かわい》く見えるぐらい凶悪でかつ魅力的な性質を秘めた蜂——アトミックビーの巣を駆除する動画が。

◇◆

「加藤先輩！　緑川先輩！　ゆうちゃんねるの動画配信予告です。開始時刻は――三分後、ライブ配信！」

「緑川！　関係各所に緊急通達！」

「はい！」

それは、クロがゆうちゃんねるを限定配信に切り替えた翌日の午後。ホームセンターに寄ってから帰宅したユウトの準備が終わったタイミングのことだった。

各国がその動画内容に戦慄《せんりつ》することとなるライブ配信が、今まさに始まろうとしていた。

「動画、出ます！」

各々《おのおの》のモニターに食らいつくようにして目を凝らす緑川たち三人。

「ここは、ユウト君の家の裏手？」

「お待ちくださいです――衛星画像と照合完了っ、間違いありませんです」

「ユウトのこの格好はなんだ？　いつもの強化されたツナギじゃないな」

加藤の疑問に、カタカタとキーボードを打ち込んでいる目黒。

「出ました。近隣のホームセンターで市販されている防護服のようです。裏付け、とりますか？」

「いえ、まだいいわ。それより、うっ……軒下《のきした》の、あれを、解析……」

口許《くちもと》を押さえて、画像を見ながら必死に吐き気を抑えている様子の緑川。

ユニークスキル不運《ハードラック》が緑川に最大級の警戒を伝えてきていた。泣きわめき、這《は》ってでも逃げたい衝動を、必死に理性で抑え込む緑川。

「『解析補助《サードアイ》』――出ました。色別脅威度、黒。データベースには該当モンスターありません。名称は、アトミックビー、です」

「特性まで見えるか、目黒」

「あ、あ――」

「しっかりしろ、目黒！」

「集まって体温を上げる熱殺蜂球《ねっさつほうきゅう》で、数千度以上に、なります」

「――太陽の表面温度並みかよ。本部に最悪の事態での被害規模を算定させろ、急げ！」

「加藤先輩、ユウト君が動き出しました」

緑川の完全に感情を殺しきったかのような平坦な声。

画面の中で、ユウトによるセルフ蜂の巣除去が始まった。

◇
◆

蜂の巣の除去自体はあっという間に終わった。

ユウトが最初に取り出したのは市販の蜂専用の殺虫剤数本。

どうやらユウトは蜂をミツバチだと思っているらしい。

適切な距離を空けて薬剤を吹き付けるユウト。薬剤が巣の周囲を飛び回る蜂に噴霧されていく。しかし当然、全く効果はない。二本目を吹き付けても変わらぬ蜂の様子に、首を傾《かし》げていたユウトだったが、どうやらそこで物理的に対処することにしたらしい。

そこからは、あっという間だった。

目にもとまらぬ速さで死滅していくアトミックビーたち。

数匹、防護服の隙間《すきま》から入り込んだようだが、ユウトの肌に傷一つ、やけど一つ負わせることは叶《かな》わなかったようだ。

そして、ユウトが蜂の巣を力ずくで家の軒下から外したところで、ライブ配信は終了する。

呆然《ぼうぜん》とモニターの前で佇《たたず》む三人。

そこに一通のメールの着信音が響く。とても不吉な音色で。

「……加藤先輩、目黒。クロさんからメールです」

緑川の震えた声が、告げる。

「除去した蜂の巣を、くれるそうです。ユウト君が、来ます」

再び、事態は慌ただしく動き出すこととなる。

◇◆

「なあ、クロ。本当に緑川さんたち、こんなもの喜ぶのかな」

「ミツバチの巣は適切に処理すれば、はちみつが取れますし、一部は食べられるはずです。こんな山奥にわざわざ移住してくるのですから、こういったスローライフ的な物はお好きだと思います」

「そういうもんか？」

俺はビニール袋に入れた蜂の巣を見て呟く。

「昨日のお菓子のお礼に、ちょうどいいと思いますよ」

「まあ、聞くだけ聞いてみるか」

そう言って、俺は緑川さんたちの家へと向かった。

チャイムを鳴らす。

ドタドタと慌ただしい音が聞こえ、ドアが開く。

「あ、目黒さん。こんばんは」

「こんばんわです。ユウトくん、どうされたんです？」

「いや、実は――」

俺は蜂の巣が家の裏の軒下にできていたこと。自分で除去したこと。それと殺虫剤は使ったが、蜂にかけてもなぜか効果がなく、結局使うのをやめて、巣にはかけてないことを伝える。

俺が話す間、どんどんと顔色が悪くなってくる目黒さん。

——うーん。微妙な反応。やっぱり蜂の巣なんてもらっても困るよね。なんでクロは……。

「それで、昨日のお菓子のお返しに、食べれるかはわからないのですが、いりますか？　と聞こうと思ったんですが……やっぱり、こんなのいらないですよね？」

俺が控えめに聞くと、急にブンブンと首を左右に振る目黒さん。

「いや、あ、ありがたく頂くです！」

わなわなと震えながら手を伸ばしてくる目黒さん。

「いや、虫とか苦手なら無理しなくても……」

「そんな、ことないですー。よ、喜んで頂くです！」

目黒さんの唇があわあわし始める。

「いやでもどう見ても目黒さん、嫌そうに……」

「ほ、ほんとにハチノコとか虫とか大好物です！　あ、あのプチプチした感じ、とかとかです。いくらでも食べられますです」

——へ、へぇー。目黒さんてゲテモノ好きなんだ。

俺は自分から渡そうとしておきながら、ムシャムシャと大量の虫を食べている目黒さんを想

像して、若干引いてしまう。

「なにやってんだ、君たちは」

「ああ、加藤さん。お邪魔してます」

「とりあえず、その蜂の巣、受け取るぜ。ありがとうな。目黒もどんだけ時間かけてるんだ」

「だ、だってーですっ。だいたい……」

「はいはい」

目黒さんをいなす加藤さん。こちらに伸ばしてきた加藤さんの手に、俺はビニール袋を手渡す。きゅっと両手で袋の口を閉じるように持つ加藤さん。

「いえいえ。こちらこそ頂いたお菓子、美味しかったです。それでは俺はこれで」

そう言って俺は自宅へと帰った。

◇
◆

ユウトが帰宅後、ダンジョン公社支部では本格的な騒動が始まっていた。

「目黒！　これはどうなっている！」

両手で袋の口を持ったまま目黒に問う加藤。

「解析がうまく反応しません！　ただ、そのビニール袋にはユウトくんの魔素がとても強く宿っています。まるでそれによって封印されているみたいです。そのまま、絶対に手を離さないでくださいね、加藤先輩！　巣内部にはアトミックビーの蜂の子が生存している可能性が高いです！」

「おいおい、マジかよ」

ぼやく加藤。そこへ緑川が駆け寄る。

「本部に緊急応援要請を出しましたよ。黒級危険物品として、ダンジョンアイテムの輸送専門部隊が来てくれます」

「ありがとうございますです緑川先輩。加藤先輩はそれまで、絶対に手を離さないでください
です」

加藤に念押しをする目黒。

チラチラと加藤の持つビニール袋を見る緑川は相変わらず顔色が最悪だ。

そして両手に持つ危険物から手を離すと、何が起こるかわからない状態の加藤。

ダンジョン公社の、長い長い夜が始まろうとしていた。

闇夜《やみよ》に紛れるようにして、一台のトラックが緑川たちのいる建物へと近づいていく。

入念に宅配のトラックに偽装されているが、知識のある者が見ればその特殊性は見抜けるだろう。

音もなく止まったトラックから、宅配業者の制服を着た男たちが降り立つと、インターホンを鳴らす。

「冷蔵庫のお届けです」

「ご苦労様です」

インターホンから目黒の声がすると、がちゃりとドアが開く。

そっとばれないように周囲を窺《うかが》う目黒。

すぐさま、トラックから下ろされた大型の冷蔵庫に見える物が、ドアのすぐ外まで運ばれてくる。

「クリア」

目黒が背後に小声で鋭く告げる。

外からの視界を塞《ふさ》ぐように冷蔵庫のドアを開けて、さらに周囲に立つ宅配業者姿の男たち。

その冷蔵庫の中身はがらんどうだった。ただ、中の壁には衝撃吸収用らしき素材が敷き詰められ、さらには体を固定する用の拘束具らしきものも設置されている。

両手でビニール袋の口を握りしめた加藤が、急ぎ足で家から出てくる。そのまま冷蔵庫に見えたその大きなボックスへと入る加藤。

「固定具、オッケー」「オッケー」

手早く加藤を冷蔵庫の中に固定すると、小声でやり取りする男たち。目線で男たちが目黒に告げる。

「ちょっとー。注文したのと色が違うです。こんなの受け取りませんです」

「大変失礼いたしました。すぐに持ち帰って代わりの物を手配します」

「よろしくです」

わざとらしく大声でやり取りする目黒と宅配業者姿の男。特に目黒は少し棒読みだ。

すぐに男たちは加藤が入った冷蔵庫をトラックに積み込むと、そのまま立ち去っていった。

家に戻った目黒は、ユウトの家の監視に地下室へ向かう。そこへ緑川が合流する。

「目黒、任せちゃってごめんなさい」

よろよろと口許を拭いながら緑川が謝る。

「緑川先輩、もう大丈夫ですか？　加藤先輩は無事に輸送部が搬出していきました。輸送部も最新型の黒級危険物品に対応したブラックボックスを用意してましたけど……」

冷蔵庫の感想を濁す目黒。

「まあ、気休めよね」

「『不運《ハードラック》』の見立てでも、やっぱりそうですか」

「『解析補助《サードアイ》』でも、そうでしょう？　あのユウト君が用意したビニール袋。たぶんユウト君の魔法剣士として、無自覚な力の一端なんだろうけど。信じられないぐらいの魔素で封印されている。あれの口を開けた瞬間から、何が起こるか全くわからないわ」

一度言葉を切る緑川。祈るように呟く。

「どうか何事もなくダンジョン公社の本部地下、封印区まで届いてくれることを願うわ」

「――緑川先輩は、外からの横槍があると思うの、ですか？」

「セドゴア条約批准国も、一枚岩じゃないわ。あの動画を見て、各国に所属している『解析補助《サードアイ》』持ちならその可能性に気がつくでしょ？」

「アトミックビーによる全く新しい核融合炉の可能性、ですね」

「ええ。いつも欲に駆られる者は出てくる。でも、それぐらい本部も想定しているはずよ」

それがまるでフラグだったかのように、そのすぐあと、加藤を詰め込んだ冷蔵庫は襲撃に遭うこととなる。

◇

◆

アトミックビーの残骸のお片付けのお手伝いをしたクロはお駄賃としてその一部を今回もユウトからもらっていた。

ホログラムを解き、いつもの充電器に収まってじっとしているクロ。実は少し前から、すでに充電が不要な体になっていたのだが、クロにとって充電器の上は落ち着く場所だった。ユウトに引き取られ、自我に近しいものを獲得してから、最も長く過ごした場所。この充電器が、クロにとってのホームと言っても過言ではなかった。

ホームにその身を収め、クロは、アトミックビーの高濃度魔素結晶体との融合を果たす。内包された魔素がその身を駆け巡るようにして染み込み、満たしていく。新たな存在進化を遂げるクロ。今回は、その外見には一切《いっさい》変化は起きなかった。代わりに、その進化の方向性は、クロの存在自体の次元を一段階引き上げるものとなる。

そう、クロはついに特殊個体となった。

黒1ダンジョンから、おでかけが、できるようになったのだ。

◇◆

ユウトの部屋。

穏やかな寝息だけが聞こえてくる。自らの周囲で何が起きようとしているのか全く気づくことなく、規則正しく繰り返される呼吸音。

充電器の上に、クロの姿は、ない。

そのユウトの部屋のタンスの中。

畳まれた状態で、ユウトのツナギがしまわれている。

そのポケットには、黄金の懐中時計が入れっぱなしになっていた。ジェノサイドアントの巣からドロップした宝物だ。

突然、懐中時計の針が激しく回転を始める。

文字盤の上で、激しく回り続ける長針と短針。

やがて二つの針が、2の文字の上でピタリと重なって止まる。しかし、ぐっすりと眠るユウトには、それが気づかれることはなかった。

同時刻。

クロの機体が、ちょうど黒1ダンジョンの境界を、ユウトの自宅の境界を、越える。クロの特殊個体となってからの初のおでかけが、今始まろうとしていた。


夜に溶けるような色合いのホログラムをまとい、空を自由気ままに滑空するクロ。

その様子を見ている者が居たならば、まるで、クロが飛ぶこと自体を楽しんでいるのかと誤解してしまうだろう。

そんなクロの振る舞いは、緑川にもユウトにも見せたことの無いものだった。

知性と自我を獲得したあとも存在進化を続けていたクロの中で、クロ自身も認識していない一見ノイズにすら思えるような何かが、着実に積み重なってきていた。

ふとクロが滑空をやめて空中に停止する。

真下には緑川たちの家——ダンジョン公社の支部。

その周辺に不審な車両がいくつも見える。

それらは今、緑川たちの家を出発した一台のトラックを追いかけていくところだった。

静かに空中を滑るようにして、クロもそれらの車両の後を、追い始めた。

◇
◆

不審な車両が山道の前後からトラックを挟むようにして距離を狭めていく。その前方の一台を運転しているのは、一人の女性。かつてユウトによって赤8ダンジョンの外でテイムモンスターたる『さまよえる黒』を倒されてしまった、シケイドだった。

その車両に同乗する者はみな、武装している。シケイド以外は男性だ。そして、全員が無言を貫いていた。ただ、一人シケイドだけがぶつぶつと何かを呟いている。

シケイドの様子を窺う武装した男たちは、誰もがどこか不安げだった。ただ、誰一人としてそれを表には出さないようにして、ぶつぶつと呟き続けるシケイドに、狭い車内で可能な限り、近づかないようにしていた。そんな中、シケイドがハンドルを回し、両足でアクセルとブレーキを操作する。車両が、トラックの鼻先へと急接近する。シケイドのどこか危うい様子とは裏腹に、その操作テクニックは完璧《かんぺき》だった。

トラック側も、ぶつかることを前提に、強行突破することもできなくはなかっただろう。しかし、そうすることはせずに、不審な車両の急接近にあわせて速度を落としていく。

まるで不用意な衝撃が、積み荷に対して甚大な影響を与えるのを危惧《きぐ》するような動きだ。

不審な車両から、武装した男たちがバラバラと降りるとトラックへ攻撃を加え始める。銃は使用しないようだ。揃いの大振りの鉈《なた》のような物で、強化されているトラックの外装に切りつけていく。

その後ろで、ゆっくりとシケイドも車両から降り立つ。

対抗するようにトラックに乗った者たちはどこからか取り出した銃のようなものを構えると、発砲を開始する。鉈で武装した男たちが銃弾を避けようと、トラックの陰に隠れる。一方で、シケイドはナイフを抜き放つと、まるで撃たれることが怖くないかのように、銃を撃つダンジョン公社の者たちへ向かって一直線に駆け出す。まるで弾丸がその身を避けているかのようだ。無傷のシケイドが、ナイフを振るう。

次々にダンジョン公社の者たちを屠《ほふ》っていくシケイド。

クロは上空からそれらを観測していた。

しかし、トラックの男たちが次々に倒されていくと、ついにクロが動き出す。

夜に紛れるためのホログラムを解除。

新たなホログラムをまとい、一気に降下していく。

その新たなホログラムは、ユウトとうり二つの見た目をしていた。

ユウトの姿をまとったクロが大地に降り立つ。まさにシケイドによってトラックのドアが破られる直前だった。

クロが、辺りを圧《お》し潰《つぶ》すような威圧感を放つ。

その威圧感に、シケイドと襲撃者の男たちが一斉に振り向く。

「――おい、あ、あれ！」「ああ、くそっ。なんでだよ。もう、終わりだ」「ジーザス……」

「――あぁぁぁぁぁっ」

トラックを襲撃した者たちはユウトの姿を見知っている様子だった。口々に、絶望をもらしていく。特にシケイドの口からは絶叫と言ってもいいほどの悲鳴が、あがる。

セドゴア条約は条約違反に対して国家レベルの非常に強いペナルティが課される。

黒1ダンジョンとユウトについては、その特異な関係性からして、トラックの襲撃がユウトにばれた時点で十分にペナルティの対象だといえる。

しかし絶望を口にする彼らの頭にあったのは、もっと根元的な恐怖。

人智を超えた存在が目の前にいるという、畏《おそ》れ。

その畏れに呼応するかのように、クロのまとったユウトの姿が変質していく。

それはクロの本体たるＡＩによって演算された、ユウトの未来の可能性の、一つ。

真実を自覚したユウトが変質していく姿の、無数の取りうる姿のうちの、一つ。

ユウトに集約された膨大な力が、実体へと具現化し、結実していく過程が、クロのＡＩによってホログラムで示されていく。

それはホログラムという映像に過ぎない。しかし見る者の魂の奥底に眠る、本質的な恐怖を呼び覚ます、映像だった。

そしてこれはクロからのメッセージでもあった。

ユウトの安寧を邪魔すると、どうなるかという端的な提示。「お前たち人類は欲と愚かさによって、滅びを選ぶのか」という、クロからの問いかけ。

そして、ついに恐怖を体現するかのような変質の過程が完了する。

そのユウトの姿は、ひたすらにおぞましく。そして何よりも、神々しかった。

目にしてしまった彼らは、ある者は正気を失ったかのように逃げ惑い。ある者はその場にうずくまると、耐えられないとばかりに自らの目をかきむしり自傷していく。

そしてシケイドを含む、ごく一部の者たちはなぜか恍惚《こうこつ》の表情を浮かべ、うわ言のように祈りを口にしていた。

まるで、真に信仰すべき神への邂逅《かいこう》を果たしたかのように。行き過ぎた恐怖を、崇《あが》め奉ることでしか、処理しきれなくなってしまったかのように。

ユウトを神と崇める狂信者たち。彼ら『教団』の中核を担うことになるメンバーは、この時、うまれたのだった。

◇
◆

「緑川先輩！　緊急連絡。コードブラックですっ」

それは怒濤《どとう》の一日を終えたつもりで、倒れ込むようにベッドに身を沈めた瞬間だった。

目黒がドアを開けて叫ぶ。

バタバタと地下へと走る目黒のあとを追うように、緑川も飛び起きると、パジャマ姿で走り出す。

――くっ。こんなことなら、着替えるんじゃなかった。

連日の騒動で洗濯が間に合わなかったのだ。唯一残っていた、『どこかで見たようなクマ』のキャラが背中に大きくプリントされているパジャマで、地下へと続く階段を駆け降りていく。

PCにかじりつくようにして操作していた目黒が、焦《あせ》った様子で伝えてくる。

「電話、暗号化処理完了です。――着電っ！」

緑川は受話器を持ち上げる。

電話は課長からだった。

「加藤が襲撃を受けた。ダンジョン公社『ゆうちゃんねる』特別対策チーム支部地下、対策分室は現時点をもって、完全封鎖。防衛に努めよ」

「はっ。封鎖措置開始！」

「封鎖開始しますです！」

それは心配していた事態。しかし意外なのは課長の指示が防衛だったことだ。それは、ここ対策分室も、これから襲撃を受ける可能性を課長が考えている、という事でもあった。

「襲撃者についての情報はありますか？」

「ない。しかし条約批准国のうちの、ユニークスキル『未来視《ハローフューチャー》』およびユニークスキル『千里眼《グッドアイズ》』の保有国を想定せざるを得ない」

重々しく告げる課長。

進化律によって人類に許諾されている三十七のユニークスキル。その中でも未来視《ハローフューチャー》と千里眼《グッドアイズ》は不運《ハードラック》に並ぶ最上位のユニークスキルだった。

――どちらも厄介、なのよね。ユニークスキルは使用に代償はあるけれど、対抗手段が無い。

そしてそれは政治的にも最悪の知らせであった。

その二つのユニークスキルを保有している二ヶ国は、どちらも我が国にとっても最重要の友好国。

――どちらの国がアトミックビーの蜂の巣を手にしたとしても、新理論による全く新しい核融合炉の開発に独力で成功しうる可能性が高い。

つまりは、世界のパワーバランスが今まさに書き換わる瀬戸際と言えた。

緊迫の空気の中、再び課長が口を開く。

「まて――」

どこからか報告を受けている様子。

「追加情報だ。敵は襲撃に失敗。積み荷は無事だ。加藤も――生存を確認」

「加藤先輩！　よかった――」

「現場の動画を送る。断片的だが襲撃者のウェアラブルカメラ画像もある。至急で解析を」

「はっ！」

「すでに取りかかってますです――一次結果、出ました。これは……クロさん、です。現場からクロさんが飛び去る姿が映っていました」

課長に目黒の解析した結果を伝える。

「ついに、特殊個体化したか。まずい。緑川、本日2700《ふたななまるまる》より緊急対策会議を行う。場所は対策分室。参加者は六名想定だ。封鎖の解除を許可する。以上」

「はっ」

緑川の返事で、課長からの電話が切れる。

――はぁ、今日は徹夜か。

こっそりとため息をもらす緑川。しかしすぐに目黒へ告げる。

「三時から対策会議。急いで封鎖解除作業を始めましょう」

あわただしく動き出す二人であった。


深夜三時。

着替えが間に合わずにパジャマ姿のままの緑川とシワのよったスーツ姿の目黒の前に四人の人物が座る。

一人は双竜寺課長。その横に控えるように江嶋さん。二人とも下ろしたてのようにパリッとした服装だ。

残りの二人は、真っ黒な喪服のようなスーツをまとい、顔には真っ白な布をかけている。

――ダンジョン公社の『長老会』。ああ、せめて着替えておきたかった。

封鎖解除と画像解析、会議の準備に追われて結局そのままの姿で参加することになったのだ。

課長が口火をきる。

「封印区で撮影した加藤の動画だ」

くるりと自分のノートPCの画面を緑川たちに見えるように動かす。

動画の中で加藤の口から襲撃の様子が語られていく。

今回の襲撃で、加藤がダンジョン公社側の唯一の生存者だった。

トラックに乗っていた輸送部のメンバーは全員、死亡。死因は切創《せっそう》と刺創《しそう》によるものと見られている。ダンジョン産の強化された武器の使用の可能性が高いそうだ。

加藤の証言が終了する。ただ、ブラックボックスの中にいた加藤の証言は基本的に音に関するものだけだった。

それでもいくつかわかったことがある。

「加藤先輩の証言によると、襲撃者が撃退されたはずのタイミングでは、何も音が聞こえなかった、ということですか」

「そうだ。次に現場に残されていた襲撃者たちだ。現場の様子から見て襲撃者は六名以上と推察される。うち二名が現場にて死亡を確認。他二名が、それぞれ現場から六百メートル、千五百メートル離れた場所で死亡が確認されている。江嶋」

名を呼ばれた江嶋が手元の資料をめくる。

「現場の二名は自死でしょう。襲撃者の手の爪《つめ》の間の肉片も、襲撃者自身のものでした。詳細な写真はお手元の資料を」

緑川は凄惨なその写真を冷めた目で見つめる。

目黒はうへっといった顔をしている。

「距離が離れた位置で死亡していた二名は正常な理性を失った上での事故との見解が現場より上がってきています。こちらも妥当な判断かと思われます。残りの襲撃者の足取りは不明です。現在、総力を上げて足取りを追っています。ただ、逃走の補助にユニークスキルが使われた可能性もあります」

その報告に頷く課長。

「最後に目黒、解析結果を」

「はいです。画像解析の結果をシミュレーターにて再現してますです。――ここでクロさんが隠蔽《いんぺい》を解いて、上空より降下。何らかのホログラム画像を見せることで、襲撃者を撃退したと思われます。残念ながら断片が映っている画像しかなく肝心の部分はシミュレーションできていません」

「で、その断片から、目黒はなんだと思う？」

「――ユウト君の姿が、変質していくホログラム、かと思います」

そこまで黙《だんま》りだった『長老会』の二人が急に話し始める。

「その娘の推測は妥当だ」「最も黒き黒の時代が始まったのだ」「緑川よ。善き隣人たれ」「縁を繰るそなたにしか果たせぬこと」「人類の存亡はそこにある」「クロは黒の影に過ぎない」

ピタリと口を閉じる『長老会』の二人。

流れる静寂。それを、断ち切るように口を開く課長。

「襲撃者への捜査は継続。ユウトとクロへの対応はこれまで通り、善き隣人としての振る舞いを徹底。そして今後、ユウトの作戦時の呼称を『黒き黒』とする。会議は以上だ」

こうしてユウトの知らぬ間に、ユウトの新しいあだ名が増えたのだった。

▶LIVE

第7章　強敵

【side　クロ】

クロがお散歩から帰ってきてから数時間後、ユウトは、いつものように四時半に起きてくる。

「うーん。蜂の心配がないというだけで清々《すがすが》しい朝な気がする。おはよう、クロ」

「おはようございます。ユウト」

「あれ、クロ。何か変わった——訳ないか。うーん、お弁当の準備を始めるか」

台所へ行くユウトの後を、邪魔にならないようにクロが追う。ユウトは流れるような動きで新聞紙ソードを手に取り、あくびをしながら振り下ろす。

追加の打撃を加えようとしたところで、ピタリと手の動きを止めるユウト。

見ると、いつもの床を這《は》い回るブルーメタルセンティピードが見事に粉砕されていた。

「あれ？　一撃で潰《つぶ》せた。初めてだわ。もしかして俺《おれ》、虫退治方面で成長している？　ゆくゆくは新聞紙ソードマスターとして、害虫ハンター専門探索者になれちゃったり……いや、あまりなりたくないな。何で仕事にしてまで、好きこのんで虫と接しないといけないんだって、話だよな」

独り言だと思って、そんな下らないことを呟《つぶや》いているユウト。台所の入り口から、クロがこっそりとそんなユウトの様子を撮影していた。

限定会員向けの動画配信の素材を集めているのだ。

「そういえばそろそろ提出期限だよな、進路調査。返信来てるかな」

撮影されていることに全く気づかないまま、お弁当用に卵焼きを焼き、器用にスマホを操作するユウト。

どうやら書類に父親の捺印《なついん》が必要なので、PDF化してメールしたようだ。クロは前にもユウトが別の書類で担任の許可を取って同じようにしているのを見たことがあった。

「お、返事来た来た。いつもながらに素っ気ないメールだ。まったく。どこにいるかぐらい、一言添えればいいのに。――あっ」

ユウトがスマホに気をとられている間に、少し卵焼きが焦《こ》げている。クロは声をかけるか悩むも、すぐにユウトは自分で気づいたようだ。

「不覚。まあ食べられるだろ」

結局ユウトは焦げを気にしないことにしたようだ。お弁当箱におかずを詰めていく。育ち盛り特有の、ぎゅうぎゅうに詰め込まれた弁当箱。

ずっしりとしたそれを鞄《かばん》にしまうとそのままお弁当の残りで朝食をとるユウト。

「うーん。香ばしい」

手早く掻《か》き込《こ》むようにして朝食を済ませると、ユウトは出発の準備を始める。

クロもそこで撮影を終了させると、音声つきで今撮影したばかりの動画を高速で編集し、限定配信にアップする。

有料化したこともあり、クロは律儀に動画配信を行っているのだった。

そして今回配信された動画。その中の『黒き黒の進路調査』というワードに、一部界隈《かいわい》がざわつくのだった。

◇
◆

家を出発してすぐ、俺は緑川《みどりかわ》さんを道で見かける。

「あれ、珍しいですね」

「ああ。ユウト君。おはよう。毎日こんな時間に学校に行っているの。偉いわね」

「もう、慣れましたよ。緑川さんは、こんな朝早くに、どうされたんですか」

「いやー。寝れなくて……。少し散歩をね」

「あー。そうなんですね」

俺は、こんな山奥にスローライフしに来る人にも色々あるんだなと、今の緑川さんの話を聞いて内心思っていた。

「そうだ、ユウト君。ユウト君って進路――」

「あ、時間が。もう行かないと！　それじゃあ、緑川さん。またっ」

時間を確認するともう間に合うかギリギリだった。俺は慌てて自転車を漕《こ》ぎ出す。緑川さんが何か言いかけていたような気もするが、多分気のせいだろう。

それでも気になって自転車を漕ぎながら一瞬だけ振り返る。項垂《うなだ》れた様子の緑川さんが、家に帰っていく姿が見えた気がした。

◇◆

「ユウト、一緒にお昼食べない？」

「うん？　珍しいな。いいよ」

昼休み。俺が弁当を取り出したところで早川《はやかわ》が声をかけてくる。

――あ、これはもしやあれか。この前の、す巻きのお詫《わ》びの催促か！

俺は何気ない風を装いつつも、背中に冷や汗が垂れる。蜂の駆除にかまけていて、そちらは何の準備もしていなかった。というか、今まですっかり忘れていた。

「ユウトはお弁当だよね。天気もいいし中庭でどう？」

そう言って、早川も手にした包みを見せる。薄ピンクの可愛《かわい》らしい布に包まれたのは、早川のお弁当箱だろう。

「ああ。行こうか」

俺たちは連れだって、無言で廊下を歩く。

――うっ。沈黙が重たい。そういえば赤8ダンジョンから出てから、早川と二人っきりって、なかったかも。早川、自分の女子グループのメンバーとずっと居たみたいだし。

中庭が見えてくる。

点々と置かれたベンチの一つに並んで座る。

――いつもより距離が近い、か？　いや、こんなもんだったか。

そのまま二人とも無言でお弁当箱を広げて食べ始める。

「ふふ。ユウトの、相変わらずすごい量だ」

「そうか。これぐらい、普通だろ？」

「ユウトは自分で作ってるんだっけ」

「そうだけど？」

「交換しよ。一個頂戴――これ、焦げてない？」

人のお弁当箱に箸を突っ込んで卵焼きを奪っていく早川。たまたま、特に焦げているやつを選んだようだ。

「ちょっとな。進路の件でぼーっとしてたら焦がした」

「もう……。はい、一個。いいよ」

そう言って可愛いお弁当箱ごと差し出して来る早川。俺は一瞬ためらうが、結局箸を伸ばす。

そっと、箸の扱いに気をつけながら、俺は早川のお弁当箱の中の肉団子をとると、口の中へ。

「美味《おい》しいな。蓮根《れんこん》か？」

「そう。刻んで入れたの。食感がいいでしょ。そういえば進路調査の締め切り、そろそろだもんね。ユウトはどうするの？　進学？」

「一応な。ただ、近くに大学がないから、家をどうするかが悩みなんだよな。早川は？」

「私も進学のつもり。あっ、赤8ダンジョンの跡地に大学を誘致するとかって噂《うわさ》があるらしいよ」

――うぐっ。

「へ、へぇ。急にそんな話が持ち上がるもんなんだ」

「もし本当だったら一緒に受験してみない？　そこ」

「ああ。いいぞ」

「よかった。それでさ、ユウト――」

――あ、まずい。こういうお詫びの話は自分から言い出さないと！

「あのさ、早川！　この前のお詫びなんだが！」

思わず早川の話を遮《さえぎ》るように切り出してしまう。

一瞬、ポカンとした表情をする早川。

俺は必死に頭を働かせる。早川の好きなもの。早川の好物──。

「放課後、駅前のとこのカフェで、パフェなんてどう？」

なぜか意味ありげな笑みを浮かべて、それでも同意してくれる早川。

「──うん。いいよ。いこ」

俺はほっとして空を仰《あお》ぐように上を向く。

ふと、上空から視線を感じたような気がしたのだ。


早川と駅前で別れた俺は、ようやく家にたどり着く。辺りは薄暗くなり始めていた。

──よかった。パフェを食べたあとは、いつもの早川だった。やっぱり約束を守るのは、大事だよな。

自転車を停《と》めて、自宅に入ろうとしたところで、俺はピタリと動きを止める。

辺りは薄暗くて、それは、ハッキリとは見えない。いや、見えないことにしたい。

──ああ。やめてくれ。それだけはダメだ……。

背筋を、震えが走る。

ギシギシと首がなるような幻想に襲われながら、ぎゅっと目をつぶり、俺はゆっくりと横を向く。

――見たくない。本当に見たくない。でも、もし見間違いならそう、確定させておきたい。

嫌だ嫌だと内心大声で叫びながら、うっすらと目を開ける。

少しでもそれを、見ないで済むように。

「おかえりなさい、ユウト」

「っつ！」

突然のことに、思わずビクッとしてしまう。クロが家から出てきて挨拶《あいさつ》してくれたのだ。

その衝撃で、思わず目を、開いてしまう。

飛び込んでくる家の壁の光景。

そこにはびっしりと、ヌメヌメとした軟体動物がいく匹もいく匹も張り付いていた。

「ぎゃぁぁぁー」

思わず叫びながら、一番近くにあった物に抱きついてしまう。

クロのホログラムを俺の腕が突き抜け、その本体のドローンをかき抱くようにして抱きしめる。

「ナメクジが、苦手なんですか。ユウトは」

「く、クロ！　そのワードは、禁句だから！」

「はあ。了解しました。とりあえず家に入られては」

「お、おう」

俺は壁の方を見ないようにして一気に駆け抜ける。

「はぁ。はぁ。もう嫌だ。そ、そうだ！　く、駆除業者を！」

「ナメクジくらいなら、いつもみたいに簡単にご自身で駆除できるのでは？」

「クロ！　だからそれは禁句だから！」

「はい」

「――置くタイプの殺虫剤すら触りたくない！　だいたいあれの絵が書いてあるしっ。何よりあいつらが、これから食べるものに触れるとか、絶対無理だから！」

「はぁ。そこまでですか……」

「ああああ」

俺は思わず耳を押さえて意味不明の言葉を発してしまう。

「なら、緑川さんたちにお願いしてみるのは？　普通の人はナメ――」

「クロッ！」

「はい。普通の人はあれらをそこまで恐れないので。殺虫剤なり、なんなりで倒してくれるかもしれませんよ」

「うう。頼んでみてもいいの、かな？」

「ダメ元でも聞いてみる価値はあるのでは？　それでユウト」

「うん？」

「そろそろ離してくれませんか」

俺に抱きしめられた状態のクロ。

俺はクロの言い分はあえて無視して、くつを履《は》き直すと、目を閉じてドアを開ける。

そしてそのまま緑川さんたちの家に向かって猛然とダッシュした。

【side　緑川】

ピンポーン。

ドアのチャイムが鳴る。

私と目黒《めぐろ》の間に一気に緊張が走る。赤8ダンジョンの跡地に誘致する大学の件を、国に丸投げし終わって、ようやく眠れるかと思った矢先のことだった。

そもそも大学の誘致といった一大事業は準備期間だけでも数年は要するのが普通だ。それを、ユウトの高校卒業までに、入学可能にしないといけない。

到底、ダンジョン公社だけでの実行は不可能。

そのため、本日の閣議決定で超法規的に可決され、国家事業として推進していくことが決まった。

とはいえ、閣議にあげるための資料の一部作成は、最もユウトの身近にいる私と目黒で行わざるをえず。眠気に耐えながら、必死に資料を作ったのだ。加藤《かとう》先輩の不在が今日ほど恨めしかったことはなかった。

――関係する事務方は今後数ヶ月は昼夜問わずに残業の嵐《あらし》になるんだろうな。ふふふ。不幸のお裾《すそ》分《わ》けね……。

そんな暗い感想が頭をよぎる。

自分でも、今、結構限界ギリギリかもという自覚はある。

そんな矢先のチャイムだ。

基本的に周囲に民家がなく、日用品の宅配は完全に公社の下部組織が行ってくれている現状、鳴らす人は一人しかいない。

絶望に染まった瞳《ひとみ》を目黒と交わして、私はよろよろとドアへと向かう。

目黒はいつでも本社へ緊急通達ができるように準備を始めていた。

数日ぶりに訪れた黒1ダンジョンは相変わらずすごい魔素濃度だった。

生えている雑草ですら不用意に触るのがためらわれる。

クロを抱えたユウト君について、私と目黒は現場へと到着していた。

見ると、ユウト君は明後日の方向を向いて目を閉じてぷるぷるしている。

――誰《だれ》にでも苦手なものはあるけど、まさかナメクジが苦手なんて……。うーん。確かに大量のナメクジがこう、壁についているのは気持ち悪いけど。これも絶対にモンスター、よね？　かなり強力そうだけど、でもジェノサイドアントやアトミックビーほどでは無さそう。

「た、確かにいっぱいいますですー」

棒読みの目黒。

「そ、そうね。まあ、でもこれなら業者を呼ぶまでもないわね」

――どうやらクロがユウト君に業者を呼ぶより私たちに頼ったらと進言してくれたらしいわね。ありがたい配慮ではあるんだけど……はぁ。

「すいません。こんなことで――」

明後日の方向を向いたまま小声で謝ってくるユウト君。

「いいのよ。お隣さんのよしみってやつよ。ただ、今日はもう遅いし、明日以降かな」

私は目線で目黒に振る。

小さく頷《うなず》き返す目黒。

「あの、僕の友達にこういうの得意そうな人いるんで、声かけてみますです。で、ユウト君。その友達が来れるようなら、なんですけど。家には入らないので、ユウト君が学校に行っている間だったら、この壁とか見てもらってもいいですか？」

「ああ、是非お願いします。ほんとすいません」

消え入りそうな声のユウト君。

――よし。ナイス目黒。ユウト君の了解がとれた。

「それじゃあ私たちはいったん帰るわね。何かあったらまた連絡するから」

「よろしくお願いします」

深々と頭を下げるユウト君に見送られて私たちは黒1ダンジョンを離脱する。

「目黒、あのナメクジのモンスター、名称と脅威判定はわかった？」

スキル用に取り出した、度の入っていない伊達メガネ越しに目を凝らす目黒。

「名前は見えませんでした。脅威判定は一体当たり、藍級通常個体です」

「っ！　やはりそれぐらいはあるわよね。でも黒1ダンジョンとしてはきっと雑魚《ざこ》なのよね。はぁ」

藍は紫の下、上から二つ目の等級。その通常個体であればタロマロや私なら、準備をしっかりすれば一対一でなら勝てる。

「緑川先輩」

「わかってる。藍級とはいえ、あの数。駆除に国内のランカー探索者を総動員するしかないわね」

「はいです。それで、なんとかなると思うです」

「ギリギリ対応可能なモンスターだった幸運を、今は喜びましょう」

再び業務に忙殺されることになることが確定する。遠のく安眠を思って、私たちはひっそりとため息をついたのだった。

【side　タロマロ】

「お、カイカイ。お前も呼ばれたか」

「タロマロさん！　この間ぶりっす。なんなんですかこれ。すげーメンバーばっかりなんすけど」

辺りを窺《うかが》いながら話しかけてくるカイカイ。なぜか俺に対してだけは、いつもこんな口調だ。

俺たちが今、押し込められている狭い会議室には国内にいるランカー探索者がほとんど集められているようだった。その数、およそ百。

「黒案件さ。聞いたろ？」

「ラチられる時に、聞きましたっすけど」

「そういうことさ」

「あー。タロマロさん！　教えてっすよ」

その時だった。ガヤガヤとした会議室で、他を圧倒するようにして声が響く。

「定刻だ。ブリーフィングを開始する。ダンジョン公社課長の双竜寺《そうりゅうじ》だ。まず始めに感謝を伝えたい。短時間でよくぞ集まってくれた」

双竜寺が部屋の前方のモニターの前まで来て、話し始めたのだ。

「今回の作戦は藍級通常個体モンスターの掃討。総敵数予想は三百以上。期限はあと三時間だ。今作戦の失敗は、我が国の国体を揺るがす事態に繫《つな》がる可能性が高い。そしてこれが対象の画像だ」

ざわついていた会議室がその一枚の画像で、しんっと静寂に包まれる。

そのモンスターが、あまりにも彼らの常識とかけ離れていたのだ。

物理的な強さとは、基本的に大きさに比例する。逆に言えば、小さくても生命として生存に強い個体は、何か特殊な部分があるのだ。

それは毒であったり、寄生能力であったりと、実にさまざまだろう。

そして今、双竜寺が、脅威度藍級と言っていたモンスターは一見、普通のナメクジだった。

「課長さん課長さん。質問です。普通のナメクジサイズで、しかも一体で藍級なのですか？」

「そうだ」

ビシッと律儀に右手を挙げた探索者からの質問に答える双竜寺。

――あれはランカー3位の寄留《きりゅう》＝グスダボ＝久遠《くおん》か。あいつ、相変わらずわかって質問してるな。厄介な。

双竜寺の返答によって、室内に緊張が走る。再びざわめき始める探索者たち。

ただ、動揺を見せているのはランカーの中でも低位の者たちだ。

「おいおい。俺は降りるぞ」「こんなん倒せるかよ」

彼らは、口々に言い募ると席から立ち上がり帰ろうとする。

「お前ら、席につけ！」

俺は思わず声を荒らげてしまう。このままでは、帰ろうとする方が、不利益《ふりえき》になってしまうからだ。

そこに、双竜寺の静かな声が、喧騒《けんそう》を切り裂く。

「タロマロ、ありがとう。さて今件は、黒案件事案だ。現時点での離反はダンジョン特措法違反として、資産の没収及び探索者資格の剝奪《はくだつ》もあり得る。その覚悟のある者だけが立ち去りたまえ」

「まあまあ、課長さん。そんなに気張らんといていいんじゃないっすか」

軽薄な感じで双竜寺に話しかけるのは、今ごろふらっと会議室に入ってきた探索者。

「タロマロさん、あれ、ランカー1位の……」

「ああ。探索者チーム『千手観音《せんじゅかんのん》』の孔雀蛇乱子《くじゃくだらんこ》だ。こういう表舞台に顔を出すのは、数年ぶりじゃないいか」

思わず俺はカイカイとひそひそ噂話をしてしまう。その間に、帰りかけていた探索者たちが自席に戻っていく。

孔雀蛇の軽薄さに反して、ランカー1位としての言葉には、やはり場の雰囲気を変える何かがあるようだ。

「遅刻だ。席についてくれたまえ。孔雀蛇」

「お堅いねー。そんなんだとすぐに禿《は》げますよ」

「……ではブリーフィングを続ける」

孔雀蛇の茶々を、軽くスルーする双竜寺。知り合いのような気安い雰囲気がそこはかとなくする。ふっとそこで孔雀蛇の姿が消える。

俺は急いで周囲を確認する。

いつの間にか俺の後ろ、部屋の最後尾の端の席に、孔雀蛇が座っていた。

――全然、見えなかったぜ。まったく。ランカー1位は伊達《だて》じゃない、か。

こうして問題は山積しながらも、史上最大のナメクジ掃討作戦が、始まろうとしていた。

◇
◆

「うそ、だろ。全然、話が違うじゃないですか。どこが三百匹ですか、これ、軽く千匹はいるでしょ」

探索者ランカー3位のグスダボが褐色の顔を歪《ゆが》ませ、辺りの惨状に目を見開いていた。ユウトの家の壁どころか、地面に、さらには周辺の樹木や草にまで、びっしりと張り付いたナメクジの姿がある。

それに相対するは、ダンジョン公社の職員とランカー探索者たち。

「まあ、三百以上って話だったし。私たちなら、なんとかなるっ。ほら、危ないよ」

グスダボの死角から飛びかかってきたナメクジ。ナメクジらしからぬ脅威の跳躍力だ。サイズ感が小さ過ぎて対応の遅れるグスダボ。

しかしナメクジがグスダボにとりつく事は叶《かな》わなかった。

いつの間にか一瞬で現れ、ナメクジを拳《こぶし》で撃ち落とした、軽薄な感じの女性。

それはランカー1位、孔雀蛇だった。

ナメクジは孔雀蛇のその一撃で完全に粉砕されていた。

『神速』の二つ名でも呼ばれている孔雀蛇。ナメクジを粉砕した拳には、真《ま》っ赤《か》なボクシンググローブのような物が二つ、装着されている。

それはダンジョン産の宝物であり、孔雀蛇は愛着を込めてグローブを『血染め』と呼んでいた。

「く、孔雀蛇さん。ありがとうございます」

「ほ」

くるりとグスダボの方を振り向き、そう一言告げる孔雀蛇。

「ほ？　えっ？」

「ほげぇー」

「く、孔雀蛇さん⁉」

急に孔雀蛇が奇声を発し始める。さっきまで軽薄だった表情が、すっかり歪み、だらしないぐらいに崩れている。

本能的に、離れようと後退《あとずさ》りをするグスダボ。

「ち、やはり寄生型か。厄介な。おい、孔雀蛇さんを抑えるぞ。そこの三人、手を貸せ！」

探索者の一人がそう叫ぶ。

孔雀蛇以外にも、そこかしこで異常行動を取り始める探索者たち。誰もがナメクジ型モンスターという事で、寄生系の攻撃にはもともと警戒していた。

そういう経緯もあって、誰も直接、素肌でナメクジに触れないよう注意していた。

しかしそれでも、現実には、すでに十数名の探索者たちが寄生されているとしか考えられない行動をしている。

「おい、こいつら。見た目はナメクジだが、本質はレイスだ！」

じっと皆の戦闘の様子を観察していたタロマロが叫ぶ。かつての友人をレイス系のネームドに殺された経験から、タロマロは人一倍、レイスの存在に過敏だった。

「解析、できました。倒されたナメクジの体からレイス型の本体が離脱するようです。それが探索者へ寄生してますです」

少し後方、タロマロの近くにいた目黒の報告。

それを聞いて現場に出て総責任者を務める双竜寺課長が指示を飛ばす。

「みな、意識を切り替えろ。対非生物用のスキル持ちを中心に隊列を、切り替えろ！」

「そんなこと、すぐには無理ですよ！」

思わず叫んだのは、目黒と共に今回の作戦に参加していた緑川だ。

もと探索者として、基本的に集団戦を行わない探索者が、戦闘中に隊列変更など到底無理と考えたのだ。

「無理でもいい。やれ！　できなければ撤退しかないんだ。そうすれば作戦は失敗となる。そしてそれは『黒き黒』の目覚めとなりうる――」

その双竜寺の言葉に奮起する探索者たち。今この場にいる人間は全員、その恐ろしさを理解していた。

一度劣勢となった探索者たちだったが、敵であるナメクジの本質の一部が判明し、奮起しての死ぬ気の隊列変更を完遂《かんすい》することで、なんとか戦線を持ち直す。

このまま時間内でなんとか駆除が終わるかと思ったその矢先だった。

大量のナメクジが急に一斉に動かなくなる。

「何が――」

「不味《まず》いぞ、総攻撃をかけろ――。敵はナメクジの体を捨てて、一つに合体する気だ！」

そのタロマロの警告はしかし時すでに遅かった。

◇◆

学校が終わり、自宅に向かって自転車を漕ぐユウト。

周囲は山に入りかけたところで、道路の両脇《りょうわき》は雑木林となっていた。

通い慣れたいつもの通学路。そこを進むユウトの内心は希望と不安に揺れていた。

不安は当然、家の壁に現れた大量のヌメヌメとした軟体動物のこと。

今朝《けさ》も、該当箇所の横を通り抜ける際は、ほぼ目を閉じたまま駆け抜けていた。何も見たくなくて。

希望は、もしかしたらそれらがすでに駆除されているかもという、淡い、しかし切実な期待だった。

――目黒さんの友人か。駆除してくれてるといいな。お礼とか、どうしよう。

そんな希望と不安を交互に感じながら自転車を漕いでいたので、ユウトは気がつかなかった。

周辺の雑木林に百人近い人間が伏せるようにして存在することに。

彼ら彼女らは、ユウトの家から避難してきたランカー探索者たちだった。みな、ボロボロの姿で、しかし奇跡的にも一人も欠けることなくここまで逃げてこれたのは、さすが国内最高クラスの探索者と言える。

しかし彼らが逃げざるを得なかった元凶――ナメクジの体を捨て、一なる存在へと至りしレイス系のネームド特殊個体。

目黒の解析により判明したその名は、『黒き黒の最も弱き影』。

『黒き黒の最も弱き影』が、今まさに、粛々《しゅくしゅく》とランカー探索者たちへと迫りつつあった。

道路の真ん中を堂々と浮遊しながら。

◇◆

自転車を漕いでいたユウトはふと足を止める。

ゾワッとした感覚が走ったのだ。

夕方の薄暗くなり始めた景色の中。周囲より一段濃い影が見えた気がした。

――早川にこんなとこ見られたら、また怖がりだと言われるんだろうな。

そんなことを考えながら、ユウトは背負っていた鞄からいつもの新聞紙ソードを取り出す。

台所からお守り代わりに持ってきていたのだ。

例の軟体動物と対面せざるを得ない最悪の状況になったときに触らないで対処できるように。

——影が濃い範囲がなんだかいつも地下室とかで見るのより大きい気がするなー。

そんなことを考えながら、自転車にまたがったまま、軽く新聞紙ソードを一振りするユウト。

それだけで影が霧散していく。

「この影っぽいのが見えるのって、やっぱり俺の気のせいなのかな。まあ、いいか。さて、憂鬱《ゆううつ》だけど家に帰るか」

そうして再び自転車のペダルを漕ぎ出すユウト。

しばらくしたときだった。スマホが振動する。

振動は、着信だった。

「緑川さん？　どうしました」

「あー、ユウトくん。今帰ってるところ？」

「そうです」

「実はユウト君ちの例のやつなんだけど、だいたい駆除できたんだけど……」

「本当ですか！　ありがとうございます」

「ただ、けっこう数がいてね。その、死骸の処理が、少し時間がかかりそうなの。で、あんまり見たくないよね？」

「うっ——、はい。できれば……」

「じゃあ私たちの家の前で待っててくれる？　今そっちにいくから。で、その間にできるだけ片付けておくわ」

「ほんと、何から何まですいません。このお礼は必ず……」

「いいのいいの。じゃあ待ってて！」

そこで緑川さんからの通話が切れる。

俺は溢《あふ》れ出る感謝の気持ちを胸に、言われた通り、緑川さんたちの家の前へと向かったのだった。

【side　緑川】

「もう、終わりだ」「このままじわじわと、ああ――　いたぶられながら呪い殺されるんだ」「あんなのにどうやって勝てと？　千体近いレイスの集合体なんて……」「ほげー」

雑木林の陰に潜む探索者たち。

レイス特有のサイコドレイン系の攻撃は精神を蝕《むしば》む。

ある者は発狂寸前。ある者は躁鬱《そううつ》の果てに自死しようとして、周囲から羽交い締めにされている。

「おい、諦《あきら》めるな！」「ほげー」「ここで待ち伏せる。これ以上行くと一般の民家がある。一般人から被害が出るぞ」

　そして、なんとか戦意を維持する者たち。まさに、さまざまだった。

　そんな状態の探索者たちだったが、なんとか散り散りにならずに、まとまってユウトの家からここまで移動してこられた。それは、彼らがこんな様子でも国内屈指の実力者であることに加え、指揮を執る双竜寺の手腕と彼を支えるダンジョン公社の面々の努力の賜物《たまもの》だった。

　ここ数日のトンデモ案件の修羅場の数々は、確実にダンジョン公社の面々の実力アップに寄与していたようだ。

「後方、道路の先、誰か来るです！」

　そこへ目黒の抑えた叫び声。

「ああ、不味い。時間切れになってしまったのか」

　グスダボが雑木林の茂みの影から、来る者が誰かを確認して絶望に顔を染める。そしてそれは、ほとんどの探索者の反応を代表していた。

　そんな中、緑川は違った。その瞳は爛々《らんらん》と輝き、一切《いっさい》の絶望をはねのけていた。寝不足のため目の隈はすごいが。

　そして確認のため、鋭く呼び掛ける緑川。

「課長」

「ああ。これは奇跡が起きるかもしれない。みな、息を潜めて伏せろ。できるだけ身を低くだ」

服が汚れることなど気にした様子も見せず、率先して、五体投地のように大地へとダイブするスーツ姿の双竜寺。

すぐさまそれに続くダンジョン公社の面々。探索者たちも、それに続く。一部正体をなくしている者は周囲から口を塞《ふさ》がれ、地面に押し付けられている。

絶望と希望。狂気と強き意思。

さまざまな視線の先で、ユウトが『黒き黒の最も弱き影』とついに相対する。

ユウトがおもむろに新聞紙でできた棒を取り出す。ユウト愛用の新聞紙ソード。ブルーメタルセンティピードの高濃度魔素結晶体を、何日も。何週間も。何ヶ月も。何年も融合させ、それを積み重ねられてきた新聞紙ソードは、すでに人の扱える存在から、逸脱していた。

目黒をはじめとした観察系スキル保持者には、それはもう煌々《こうこう》と輝く光そのもののようにさえ見えている。

新聞紙ソードに印刷されたその文字一つ一つすら、神代の力を秘めている古代文字以上の強き存在として目を焼くほどに眩《まぶ》しい。

それを、まるでただの新聞紙のように気軽に手にすると、ユウトは、一振りした。

世界から、音が消える。

上半身と腕の力だけで振られた単なる横振り。

本当に気軽に振っただけに見える動作が、しかしその剣閃《けんせん》を目で追えたのはランカー探索者のうちの、ほんの数名に過ぎなかった。

そして次の瞬間、ユウトに内包された莫大な魔素のごくごく一部。例えるならば、ダムから溢《あふ》れ出したコップ一杯の水。

その程度の魔素が、面状に広がりながら剣速と等しい速さで『黒き黒の最も弱き影』へと襲いかかる。

ユウトの魔素に触れるそばから、蒸発するように消えていく影。あっという間に、まるで元々そこには何もなかったかのように、ネームドの特殊個体は消失していた。

なんの感慨もなさそうに、そのまま自転車で立ち去っていくユウト。しばらくした後、ざわざわと探索者たちが騒ぎ出す。

「俺たち、助かった、のか?」「奇跡が奇跡が」「なんという御業《みわざ》。あの域に俺は死ぬまでにたどり着けるのか」「ユウトさん、素敵っ」

騒ぐ探索者たちとは対照的に、万感の思いで天を仰ぎ見ていた緑川に双竜寺が鋭く指示を出す。

「緑川、今ユウトが自宅に着くのは不味い」

「あ、大量のナメクジの死骸ですね! すぐ、ユウト君に電話します」

「頼む」

スマホを操作する緑川。

双竜寺は、思い思いに生き残ったことを喜び合う探索者たちに告げる。

「みなは、片付けだ！　拾われた命、無駄になるぞ！」

一瞬顔を見合せ、しかしすぐさま探索者たちは立ち上がる。そして、一目散にユウトの家に向かって駆け出していった。

◇
◆

俺は緑川さんたちの家の前で待ちながら、考え込んでいた。

――あんなにたくさんの例のやつらをすぐ、駆除してくれたなんて。本当に感謝しかない。でも死骸の処理が大変って言ってたよな、緑川さん。

ふと、俺は嫌な想像をしてしまう。

――例のやつら、もしかしたら俺が知っているよりもいっぱいいた？　うわ、想像しただけで背筋が寒くなる……。やめやめ、これは考えるのをよそう。

一瞬、床下とかに、びっしりと繁殖している光景を想像しかけて、俺は慌てて思考を止める。

――別のこと別のこと。そうだ、お礼だ。お礼はどうしよう？　何せ目黒さんの知り合いってだけで、どんな人かもわからないしな。普通は菓子折り、とか？　前は、隣駅まで行けば赤

8ダンジョンの周りのお土産店で、それっぽいお菓子も買えたんだけど……。

そんなことを考えているとと緑川さんの姿が道の先から歩いてくるのが見える。

――なんだろ。かなり土埃《つちぼこり》で汚れてるように見えるな、緑川さんの服。上下ともだ。まるで地面に腹這いになったみたいな汚れ方じゃないか。もしかして、やっぱりうちの床下にも、例のやつらがいた？

考えないようにしていた嫌な映像が再び頭をよぎる。

「緑川さん、今回は例の駆除、本当にありがとうございました」

出会い頭に俺は頭を下げる。俺の感謝に疲れた顔をハッとさせる緑川さん。

俺はそれを見て、もしかして緑川さんも駆除に協力してくれたのかな。それで疲れているのかな、と推測する。

「そんな、いいのよ。ユウト君。お互い様だから。それより、まだ少し片付けにかかりそうなの。良かったらうちで待つ？」

「いや、それは流石に、申し訳ないというか……」

「遠慮はいらないわ。ほらほら、どうぞどうぞ」

半ば強引《ごういん》に招待されて、俺は結局、上がり込んでしまう。

引っ越して少し経《た》つとはいえ、緑川さんたちの家の中は、かなり片付いていた。大人びた内装だなーという印象だった。

そのまま言われるがままにお茶までご馳走になってしまう。少し肩身が狭い。

俺がお茶を飲んでいる間に、緑川さんは着替えてきたようだ。少しすっきりした様子。それで、俺は気になっていたことを尋ねてみる。

「あの、緑川さん。目黒さんのお友達が駆除してくれたんですよね？　お礼とか、どうしたらいいいですかね」

「……そんな特に気にしなくていいと思うわよ」

なぜか少し間があった。

「いえ、そういうわけにも……。あれですかね。直接のお礼は目黒さんに何かお渡しして、目黒さんからお友達にって感じですかね」

「高校生なのに、ユウト君、しっかりしてるわね。じゃあちょっと目黒に電話してくるわ。ついでに向こうの状況も聞いてみるから」

「お願いします」

スマホ片手に退室する緑川さん。

――あんまり高価なものだと手が出ないしな。帰ったらクロに相談してみるか。

こういう時のクロの回答は、俺からすると首を傾《かし》げるようなものが多いのだが、なぜか緑川さんたちには受けが良い印象だった。

そして今回のお礼の件も、クロの意見を取り入れたことで、一騒動起こることとなるのだった。

◇◆

ナメクジ騒動から数日後、俺はクロに相談して用意したお礼の品を前に首を傾げていた。

「ねえ、クロ。本当にお礼の品ってこういうのでいいの？」

テーブルの上にあるのはまず二通の封筒。

目黒さんと目黒さんの友人宛てのお礼状だ。内容はほぼクロが調べてくれた定型文。一応、直筆だ。

ただ、目黒さん宛ての方だけ、今回のご助力のお礼に、何か困った際は一度だけ、できる範囲でお手伝いすると、一文が付け加えてある。

クロに言われるがままに付け加えたのだが、何となくお礼状に書くにはふさわしくなさそうな内容なのが、気になっていた。

――まるで子供が発行するお手伝い券、みたいだよな。

その横に並べてあるのは四枚の押し花のしおりだ。

簡単に俺でも作れて、もらっても邪魔にならないだろうとクロに言われて、作ってみた。

庭に咲いていた花を本に挟んで押し花にして、牛乳パックだった厚紙にアイロンで貼《は》りつけてある。

押し花にした花はたぶん、カラスノエンドウだ。庭に咲いていた中で、比較的押し花にしやすそうだったのだ。

クロが花言葉も無難だろうと言っていたので、問題ないはず。

俺はそれらをまとめると、お隣へと向かった。

◇
◆

「これは、大丈夫なやつか」

「全然、全く、大丈夫じゃないです」

加藤が目黒に確認する。返事はある意味、そうだろうなと思った通りだ。

ようやくダンジョン公社本社地下でのお勤めが終わって出てきたばかりの加藤。そして目黒の二人しか今ダンジョン公社支部にいなかったのだ。

ユウトが訪ねてきたのが目黒宛てだったので、そういう意味ではちょうどよかったと言える。

ちなみに緑川は回収した黒1ダンジョン産のナメクジの死骸の対応で、ここ数日、関係各所を駆けずり回っているところだ。

「で、目黒の目だと、この手紙とこのしおり。どっちがヤバい？」

「手紙です。特にこの一文、直筆で書かれているお手伝いの部分。これ、扱いを間違うと、とんでもないことになるです……」

手紙としおりを見つめ続ける目黒からは、だらだらと汗が垂れ流しになっている。拭く余裕すらないようだ。

「とりあえずしおり、一枚は加藤先輩にどうぞってユウト君が言っていましたです」

「これ、手に取ったらまた本社地下に逆戻り、とかないよな」

「……」

無言の目黒。

その可能性は、目黒にも否定しきれなかったのだ。

◇
◆

「それでは只今より、検証を始める。まずは目黒」

「はい」

いつぞやの深夜会議の時のメンバーが再び、ダンジョン公社支部に、緊急招集された。

ただ、今回はその時に比べ一名、参加者が増えている。前回はダンジョン公社地下でのお勤め中だった加藤だ。

一つのテーブルを取り囲むように立つ、七名。

議題となるのは、そのテーブルに載せられたユウトからのお礼の手紙と、片面に押し花がつけられたしおり。

集まった人々の中で、司会進行をつとめる双竜寺課長が、目黒に指示する。

目黒は言われるがままにテーブルに近づくとそこに載せられた物を手に取る。

目黒の手には、ユウトの直筆のお礼状二通と三枚のしおり。

「よし。一度置いてくれ。次は江嶋《えしま》、すまないが頼む」

「はい」

すたすたとテーブルに近づくと置かれた手紙にそっと手を伸ばす江嶋。

次の瞬間、バチッという大きな音と共に、江嶋の手が弾《はじ》かれる。

「っ！」

弾かれた手を、反対の手でさする江嶋。

「ありがとう。では目黒、見える限りの解析の結果を頼む」

「はいです。この手紙としおりには、いわゆる所有権のようなものが発生しているみたいです。現在、二通の手紙と三枚のしおりは受け取ったのが僕なので、僕の所有となっているです」

そう言って、手紙を右手に、しおりを左手に持って会議の参加者へと見せる目黒。

「しおりは四枚ありましたです。ユウト君はしおりをそれぞれ僕と加藤先輩、緑川先輩、そして僕の友人に、と言ってたです」

その目黒の言葉に合わせて、加藤が残り一枚のしおりを手にして、皆に示す。

「僕がそれを伝えて、加藤先輩がしおりを手にしましたです。すると、こうなりましたです」

目黒が再び、手紙としおりをすべてテーブルに置くと、加藤の方へと歩み寄る。

加藤の手にしたしおりに手を伸ばす目黒。

次の瞬間、先ほどの江嶋と同じように目黒の手が弾かれる。

「ただ、問題はこれが所有権を発生している以外の事はほとんどわからないです。しおりや手紙に、他にどんな力が込められているのか。ただ、この僕宛ての手紙。これだけは本当に得体の知れないものがあります。一見、内容は子供のお手伝い券、みたいにすら見えるんですが……」

そこまで黙っていた緑川も口を開く。

「私の不運《ハードラック》でも同意見です。その手紙は最大級の警戒をもって取り扱うべきかと」

そこまで確認したところで双竜寺が告げる。

「二人ともありがとう。さて、この件に関しては一切『ゆうちゃんねる』の動画にはアップされなかった。作成風景もだ。そこからクロの意図するところを推察するに、存在をできるだけ秘匿すべしだと、私は判断する」

そこで、ダンジョン公社の長老会の二名が口々に話し出す。

「アーティファクトだ」「その押し花はカラスノエンドウ」「花言葉は守護者なり」「黒き黒の言葉のままに、各自が携えよ」「目黒よ。そなたが二枚目を預かるのだ。しかるべき時、しかるべき者に渡すべし」「黒の影たるクロは、我らの知性を凌駕《りょうが》した」「『良き隣人たれ』」

交互に話していた長老会の二人の言葉が、最後のフレーズで合わさる。静まり返る部屋。双竜寺が、その沈黙を破る。

「では、緑川も一枚、しおりを受け取りたまえ。目黒」

「はい。どうぞ、緑川先輩。ユウト君から緑川先輩にとのことです」

そう言って、目黒が緑川にしおりを手渡す。

次の瞬間だった。三人の持つしおりから、ユウトのものと思われる魔素が溢れ出した。

【side　緑川】

ユウトのものらしき魔素に包まれた次の瞬間、緑川は気がつけば真っ白な空間にいた。

「ここは……?」

「ようこそ」

「っ!」

背後を振り返ると、そこには一人の女性がいた。

その面立ちは、クロや早川とどこか似ている。

「貴女は、どなたかしら」

警戒感をできるだけ表に出さないように、穏やかに問いかける緑川。

「私は『進化律』。その写し身の一。許諾を授けるもの。あなたの手にした、その可能性により現れました」

そう言って、『進化律』と名乗った女性は緑川の手を指差す。その指差す先は、ユウトからもらった、しおり。

「さあ、選択を。『万象の書』です。許諾を求める頁に、しおりを」

そう言って両手のひらを合わせる『進化律』。すると次の瞬間、緑川の目の前に一冊の本が浮かんでいた。

「これは？」

「あなたが許諾を得られる項が開きます。さあ。時は有限。可能性が消え去る前に」

警戒をしながらも、急いで目の前に浮かんだ本を手に取る緑川。

緑川からすれば、その話す内容の真偽も、名乗った名すらも本物かは定かではない。しかし相手が、圧倒的な存在であるのは、間違いない。

もし害意があるのなら、こんなまどろっこしい事をせずに、すぐにでも自分を殺せる存在なのだとわかってしまう。

――であるなら、ここは言うとおりにするのがベスト。『進化律』か。彼女が私に『不運《ハードラック》』をくれた存在、なのかしら？

手にした本をめくろうとしながら、そんなことを考える緑川。

「……二ページしか開くところがないわ」

「それが、あなたの可能性です」

「――嫌な可能性ね」

一つめは武具だ。ハルバードのように見える絵が書かれている。ページに説明は一切なし。

ただ緑川は探索者時代もハルバードを使ったことがなかった。

――言うことを信じるなら、この武具を選ぶことで、今後、戦いに身を置く可能性が高まる気がする。……それは、果たして良き隣人といえるかしら。

そしてもう一つのページ。そこには、真っ白な子猫の絵が描かれていた。アメジスト色の瞳が美しい。

――ただの猫、とは到底、思えない。でもまあ、こっちの方が良き隣人っぽいわね。

緑川は手にしたしおりをそのページに挟むと本を閉じる。

「選択されしは、『やみ猫』。その存在はあなたの疲労を吸い取り、肩代わりしてくれる。しかし気をつけなさい。蓄積させ過ぎた疲労は『やみ猫』を病ませ、やがて死なすでしょう。あなたの選択に許諾を」

『進化律』が再び手を合わせる。すると、本から光が溢れ出す。

眩しさにとっさに目を閉じる緑川。

次の瞬間、緑川は元いた会議の場に戻っていた。

その腕に、真っ白な子猫を抱いて。

辺りを見回すと長老会の二人と江嶋の姿がない。

――たぶん双竜寺課長が避難させたんでしょう。

そこまで考えて、緑川は目黒と加藤先輩の方を見る。

加藤先輩は、その手に何も持っていない。

目黒は不思議なことにその手に真っ白なスーツケースを持っていた。

そこまで確認したところで、緑川は今あった事を手短に双竜寺へ報告する。

「課長。課長からは私たちはどう見えていました？」

「しおりから溢れ出た魔素に包まれたあと、完全に姿が消えていた。そのまま数分後に、同時に三人とも突然元いた場所に現れている」

淡々と告げる双竜寺。

「加藤も、報告を」

「はい。流れは緑川と同一です。ただ、俺が許諾をもらったのは――」

言うのを一瞬ためらう加藤。しかし覚悟を決めたように口を開く。

「ユニークスキル『空白《スペース》』というものでした」

「ええ！　加藤先輩もユニークスキルホルダーです？　おめでとうございますです」

驚き、そしてすぐさまお祝いの言葉を伝える目黒。しかし、自身もユニークスキルを持つ緑川は、これから襲いかかるであろう加藤の苦労と困難を思い、素直に祝えなかった。

そこまで考えたところで、ここ数週間の溜《た》まった疲れが、じんわりとにじみ出てくるかのような感覚に襲われる。

緑川がこっそりとため息をついたところで、腕の中の子猫が身動《みじろ》ぎする。

「なーご」

一鳴きすると、チロチロと舌を出して緑川の指先を子猫が舐《な》める。

「ふふ。くすぐったい」

思わず呟いてしまう緑川。そしてすぐに気がつく。体の芯《しん》にこびりつくように感じていた疲労感がスッと消えているのだ。

それだけではない。黒々とした目の下のクマが、薄くなっている。

「これ、君が？」

「な～」

まるで、そうだよと返事をするかのように鳴く子猫。

そのまま再び子猫は緑川の指先を舐めようとする。

しかし緑川はとっさにそれを止める。

「もう、大丈夫よ。ありがとう」

「な〜な〜」

最初の時に比べて、子猫の動きが鈍くなっていたことに、気がついてしまったのだ。そして今もぐったりした様子で緑川の腕に身を任せると、そのまま眠ってしまう子猫。

気がつけば、その場にいたダンジョン公社の面々が皆、緑川たちのことを見ていた。

「……邪魔してしまって申し訳ありません」

「いや、問題ない。その子猫の力は、本物のようだな。顔色がいい。子猫の様子は？」

「あまり、良くない、みたいです」

腕の中を覗《のぞ》きこんで緑川は伝える。子猫の呼吸が少しだけ荒いようなのだ。

「そうか。大切に、な」

「はい、そうします」

緑川はそっとその背中を優しく撫《な》でる。少しでも穏やかに眠れるように。

――この子の名前、何にしよう。真っ白だからヴァイス、とかどうかな。

双竜寺が緑川から目黒の方に視線を向ける。

「最後に、目黒。報告を頼む」

「はいです。僕が許諾をもらったのは、これでした」

そう言って目黒は手にした純白のスーツケースを開けた。

▶LIVE

第8章 オフ会

「おはよ、ユウト」

「おう。早川《はやかわ》もおはよう」

「なんか機嫌良さそう。良いことでもあった？」

机の横に立って、覗《のぞ》き込むようにして俺《おれ》の顔を見ながら、早川が話しかけてくる。

「うん、そうかな。最近ちょっと新しい趣味にはまっててさ」

いつもの朝。教室で早川と交わす、とりとめのない雑談だ。

「お、いいね。どんな趣味？」

「――笑うなよ」

「笑わないって」

「その、ハンドメイドみたいなものをしててさ。いや、本当に簡単なものなんだが」

「へぇ。笑わないけど、意外かも」

「ちょっと押し花で、しおりをつくる機会があってさ。それが思いの外面白《おもしろ》かったんだわ。……だから笑うなって」

笑い声は出ていないが、めちゃくちゃ笑顔でこちらを見ている早川。

「え、ああ。ごめんごめん。なんか微笑《ほほえ》ましいなって」

自分でも笑顔を浮かべていたことに気づいていなかった様子だ。

「たく……」

「だからごめんって。あ、そうだ今日お弁当ちょっと作り過ぎちゃったんだ。お詫《わ》びに余った分あげるからさ。一緒にお昼、食べよう?」

「――食べる」

重々しく頷《うなず》いて、俺は早川の謝罪を受ける。食べ物の誘惑の前には、俺の趣味が笑われたなんて、些細《ささい》なことだ。

授業の開始を告げるチャイムが鳴った。


「はいこれ」

二つあるお弁当箱の大きい方を手渡してくる早川。

「いただきます」

俺がお弁当箱の蓋《ふた》を開けると、肉を中心に、彩《いろど》り華やかなおかずが、詰められていた。

「すごいな。いいのかこれ。本当にもらっちゃって」

「いいのいいの」

「じゃあ、ありがたく」

俺はさっそく箸をつける。

「相変わらずうまいな」

「うん」

食べながら、俺は早川とまた、とりとめのない話をする。赤8ダンジョンの跡地への大学の誘致は順調らしい。俺たちが受験するタイミングに間に合いそうだと、早川は父親から聞いたそうだ。

――あー。なかなかインパクトがあったな。早川の親御さん。

代わりに俺は、隣の家の緑川《みどりかわ》さんが白い子猫を飼い始めた話をする。名前はヴァイスとつけたらしい。

一度見せてもらったが、ずっと緑川さんの腕の中でゴロゴロしていて、とても可愛《かわい》らしかった。俺が近づくと、そのアメジスト色の瞳《ひとみ》でじっとこちらを見ていた。

――大人しい感じの子猫だったな。

早川からもらったお弁当を食べ終わり、自分で作った方に取りかかろうとしたところで、早川がぽつりと呟《つぶや》く。

「そういえばさ、ユウト。ネットの噂《うわさ》なんだけど。――『黒き黒』って、聞いたことある？」

「いやー。聞いたことないな。くろきくろ……真っ黒な何かって感じなの？」

「詳細も、出どころも、実はよくわからないんだよね。ダンジョンに関係はあるみたいなんだけど。ただ、私のよく見てるダンジョン配信者の人でも何人も、チラッとそのワードを匂《にお》わせたりする人とかもいてさ」

声を潜めて、いかにもな感じで囁《ささや》く早川。少し耳元がくすぐったい。

「ほー」

「そのワード自体が何の事なんだろって、界隈《かいわい》だと今、秘《ひそ》かに話題なんだ」

「秘かに話題って、そんなことあるのか……というかネットで出てこないのにその界隈の人たちが何か知ってそうってのも、だいぶ不思議じゃないか」

俺はいったいどんな状況なんだと首を傾《かし》げる。

「そうなんだよね。たぶん、皆、断片的にしか知らないとかじゃないかな。でさ、私もやっぱりバズるネタがほしいの」

「ふ、ふーん」

「皆が興味津々の『黒き黒』、何か新情報を配信できたら、絶対バズりそうじゃない？」

目をキラキラさせてずいっと身を乗り出してくる早川。

近い。

「そ、そうかも？」

「でね、その配信者のうちの一人、ジョゼ三世さんっていう女性ライバーなんだけど、今度の休みにオフ会をするんだって」

「……早川、行くつもり？　そういうのって、危なくないのか」

「じゃあさ、一緒に行ってくれる？　ユウト」

「はぁ。仕方ないな。いいぜ。というか、このお弁当って、そもそもそれを頼みたくて作ってきたんだろ」

「あ、ばれた？」

にひひと笑いながら立ち上がる早川。

「ありがとね」

「……ああ。何、大したことないさ」

俺は言いかけた言葉を呑《の》み込《こ》む。

なんとなく、誰《だれ》か大人もいた方がいいんじゃないか、とふと思ったのだ。俺にしては珍しく少しだけ嫌な予感がしていた。


「クロ」

「何ですか、ユウト」

「実は今日学校でさ――」

俺は早川と話した内容と、オフ会に一緒に行くことになったと伝える。胸のつかえを吐き出すように。

「でさ、誰か大人に相談しといた方が良いかなって」

「不要かと思いますが」

「え、そう？」

「今調べましたが、オフ会の会場となる場所も治安は比較的良好のようです」

「あ、そうなんだ。じゃあそのまま行ってくるか」

「ユウト」

「うん？」

「服装はどうされるのですか？」

「いや、いつもの感じで……いこうかと」

「……わかりました。私の方で注文しておきます」

「え、でも……」

「私の方で、注文、しておきます」

「はい」

なぜか、俺はクロに怒られてしまった。

【side ハローフューチャー】

「『教団』とのコンタクトは、新たな代表者との間でも生きていると？」

真っ白な不思議な形をした椅子《いす》に座った白銀の髪の若い女性が、部下らしき人物に問いかける。

その玲瓏《れいろう》な面差しはどこまでも冷たく、どこか傲慢《ごうまん》さが潜んでいる。

「はい、セリアス部長。『教団』の前宗主だったハワードから、我々へのコンタクト手段が引き継がれています。新たな代表者は――シケイドです」

部下らしき人物が報告書を渡しながら口にした前宗主のハワードという名。

彼は元対『ゆうちゃんねる』特殊工作部隊のメンバーであり、アトミックビーの巣の接収作戦に参加した生き残りだった。

『黒き黒』の姿を目にしたハワードは部隊から離反。同じように離反した部下をつれ、『黒き黒』を真なる神と崇《あが》める『教団』を作り上げていた。そしてシケイドもその中に含まれていた。

セリアスは自らのユニークスキル『未来視《ハローフューチャー》』を使い、ハワード率いる『教団』との友好的な接触に成功していた。

「ハワードは死にましたか。それなりに使える男でした。黒き黒に魅いられてすっかり変貌してしまったようね」

ハワードの所持していた『黒き黒』のスマホ写真画像。何度も繰り返しその画像を覗《のぞ》き込むことで、身体的な変質すら生じるようだった。

ハワードの死因も、それだ。

後任の宗主に就任したシケイドは、それを殉教と呼んでいたと、報告書には記載されている。

「現在、教団はシケイドの指示のもと、現地のダンジョン動画配信者の取り込みに動いているようです。既に数名のライバーを啓蒙《けいもう》済みでした」

部下からの報告。

「シケイド。たしかダンジョンへの工作作戦に従事していた者の一人、でしたか」

「そうです。彼女はレイスを使役するテイマーでした。資料はこちらです」

「プロファイリングを見ると、テイムモンスターを失って、元から指向性のあった残虐性が増していますね。優秀な殺戮者《さつりくしゃ》、ですか」

「はい。教団所属以降のデータは残念ながらとれておりません」

「そう。それでシケイドが宗主となっても、『教団』の目標とされている『黒き黒』の覚醒《かくせい》は変わらないと？」

「変わりありません。このままシケイド率いる教団との接触を継続されますか」

「――事態は把握しました。ユニークスキルを使用致します。下がりなさい」

「はっ。御武運を」

退室していく部下。

セリアスの座った椅子が動く。

平らになったそれは、まるで手術台のようだった。

背後から、医師の一団らしき者たちが現れスタンバイする。

「ユニークスキル、発動します」

セリアスの声と共に変化が起きる。

セリアスのユニークスキル、未来視《ハローフューチャー》はその名の通り、未来を垣間見ることのできるスキルだ。そしてその代償は、未来を見ている間、全身の骨がランダムで骨折し続けるというもの。

バキボキと、セリアスのすらりとした肢体の各部が次々に折れ曲がっていく。

無表情のまま、ただ止められない悲鳴だけがその口から漏《も》れる。

しかしセリアスはユニークスキルの使用を止めない。

「バイタル、危険域です。霊草から精製したポーションの静脈注射を開始します」

医師が注射針を突き刺す。

折れるそばから治っていくセリアスの骨折。

そのまま、何度か注射が繰り返される。

そしてようやくセリアスのユニークスキルの発動が止まる。

「ポーションの、残量は？」

「あと、13回分となります」

「ご苦労様。下がっていい」

手術台が、椅子の形に戻る。未来を見てきたセリアスは厳しい表情で宙を睨《にら》み続けていた。

「どの未来でも邪魔をするのね、『不運《ハードラック》』。先を見通せず、地べたを這《は》いつくばるしか能がないというのに。忌々しい」

宙を睨《にら》んだまま呟く、セリアス。骨の破壊と再生という激痛ですら色褪《いろあ》せない美貌を悔しげに歪《ゆが》めている。

「色氏名《しきうじな》の系譜。どこまでも目障りね」

ユニークスキルにも、序列がある。

『不運《ハードラック》』も『未来視《ハローフューチャー》』も共に高位のスキルだ。しかし、不運《ハードラック》は未来視《ハローフューチャー》よりも、ちょうど一つ、上の序列に位置していた。

さらに言えば、運命そのものに干渉できる不運《ハードラック》は、未来視《ハローフューチャー》にとってはまさに天敵とも言える存在だった。

運命操作系の力のみが唯一、未来視《ハローフューチャー》で確定したはずの未来を書き換えてしまう。

「それでも、僅《わず》かな道筋は見えている。先を見通せる私に不可能は無い。私なら、できる。そのためならば私は何でもしてやるわ。悪魔と手を携えることさえも。我が祖国のために」

セリアスは、自身のユニークスキルに絶対の自信を持っていた。それは時の先を見通し、人々を手のひらの上で転がすように操《あやつ》ってきた者の、傲慢。

そのため、彼女は見誤ってしまう。この世には手を出してはならない存在があるという事を。しかしその未来を見ることができなかったセリアスは、ただ、部屋に部下たちを呼び戻すと、次々と自信満々に指示を出し始めるのだった。

【side　緑川】

「こちら緑川。配置につい――くちゅん」

「緑川先輩、風邪です？　疲労が溜《た》まってきたのではないです？」

耳につけた無線のイヤホンから目黒《めぐろ》の心配するような声。緑川は応答ボタンを押して応《こた》える。

「問題ないわ。はあ、でもこれでヴァイスとの触れ合いも、今日はお預けか……」

すっかり子猫のヴァイスに愛着が湧いていた緑川は、自分に制約を課していた。疲れているときは、ヴァイスに触れない、という制約だ。

ヴァイスは緑川が触れると、その疲労を積極的に癒《いや》そうとしてくれるのだ。自らが、病んでしまうことなど、全く考慮せずに、だ。

それはとても愛らしい反面、すっかりヴァイスに骨抜きになっている緑川にとっては、苦悩の種だった。ヴァイスのためには、触りたいけど触れないという、葛藤。

「緑川先輩、対象が到着しますです」

「こちらからも目視。——移動を開始するわ」

「了解です」

緑川は、今は仕事に集中、とばかりに気合いを入れる。幸いなことに今回のユウトと早川のオフ会参加についてはクロより事前に垂れ込みがあった。そのおかげで、不幸の前借りをしており、準備は万端であった。

駅から歩くユウトと早川を見守る緑川。その様子はユニークスキルの効果もあって、完全に町の風景に溶け込んでいた。

◇◆

「ごめん、待った？」

「少し」

「もう。そこは今来たとこ、でしょ」

駅前で、俺は早川と待ち合わせしていた。

「その服、似合ってるね。ユウト」

「え、そうかな」

クロがみつくろってネットで買ってくれた服を、言われるがままに着てきたのだ。

服は全く詳しくないので、何とも言えないのだが、全体的に黒っぽい色合いの服装だった。

「ちょっと、気張り過ぎじゃないかな?」

「うーん。私は好きだけど?」

もしかしたらクロと早川の趣味は似ているのかもしれないな、と思いながら応える。

「早川もその服装、可愛いね。配信用の衣装?」

「そう! 動画チャンネルの『ひめたんのキュンキュンライフ』で最初に着た衣装をアレンジしてきたの! やっぱりオフ会だからね。気合い、入れてかないと」

両手の拳《こぶし》を握りしめ、フンッと鼻息荒く応える早川。その服装はダンジョン配信者を意識した、お洒落と実用性が半々のような服装だった。さすがにピンクのバールは持っていない。

『黒き黒』という謎《なぞ》のワードを追う、という目的はともかく。いつも見ているダンジョン配信者のオフ会に行くこと自体に、早川のテンションが上がっているようだ。

「そうだ、これ」

俺は準備していたものを早川に手渡す。

最近はまっているハンドメイドのうちの一品だ。これも実はクロに言われて準備していたりする。

なぜか今の早川の探索者風の服装にはよく合いそうだった。

「これは?」

「ほら、最近の趣味の……」

「あっ。ユウトの手作りなんだ」

「うっ。いや、いらないなら……」

「もちろん、いる。ダンジョン産宝物《ほうもつ》モチーフだよね？　なかなかの再現度ですな。つけてもらっていい？」

そう言って腕を伸ばしてくる早川。

俺はその細い手首にそっと手作りブレスレットを付けていく。

早川の言う通り、ネットで調べて、ダンジョンでよく産出するらしい装備品を模したブレスレットを作ってみたのだ。庭で採取した細い蔓《つる》を編み込んで、それをクロの助言に従って処理をしていった。

どうしてそうなったのか自分でも不思議なのだが、仕上がってみると、全体に滑らかな光沢と、うっすら金色の輝きがある。一見、まるで金属製かと思うような見た目になっていた。

「綺麗《きれい》なのに、軽い。ありがとね。あ、時間っ。急ご、ユウト！」

俺の手を摑《つか》むと、小走りで駆け出す早川。その口調は、なんだかとても楽しそうだった。

「わぁ、すごいっ。入ろ入ろ、ユウト」

俺と早川はオフ会の会場の前まで来ていた。

ビルの中の、お洒落な雰囲気の居酒屋を貸しきっているようだ。

エレベーターを出てすぐに、受付のような場所。俺たちは、ネットで事前に参加費は支払い済みだ。なので、アプリでバーコードだけ表示して受付の人に読み取ってもらう。

受付で、チラシのようなものを受け取り、そのまま説明を受ける。ライバーのオフ会で、未成年の参加者も多いので、中で提供している飲み物は、すべてノンアルコールになること。

飲み物や、中で販売しているグッズの支払いはＱＲコード決済のみなど、簡単なものだ。

「この案内、可愛いねユウト。ジョゼ三世さんのデフォルメイラスト入りだよ！」

「ああ。なあ、グッズ販売とかもしてるみたいだけど、オフ会ってこんな感じなのか？」

「うーん。色々じゃないかなー。本当に集まってご飯食べるだけってところもあるだろうし。たぶん、ジョゼ三世さんのところは、運営がしっかりしてる感じだよね！」

会場に入る。

すごい人の数だ。

奥の方に人が集まっている。たぶんグッズを売っているところだろう。

「ねえねえ。せっかくだしこのオリジナルノンアルカクテルって頼んでみない？　名前が全部ジョゼ三世さんにちなんでるよ、これ」

案内のチラシの裏に載っているメニュー表を見ながら告げる早川。

どれも、なかなかのお値段だ。

俺は一瞬迷うも、クロからＱＲコード決済用の口座に入金してあると言われた事を思い出す。

それをクロから言われた時には本当に驚いた。いったい何処《どこ》からのお金なのかと聞いたら、クロがマイニングしたと言っていた。そんなことまでできるのかと。

しかも、税金の処理までしてます、と追い討ちをかけるようにクロが言っていて、本当に感心してしまった。

――クロ、使わせていただきます。

俺はクロに感謝しながら、メニューから飲み物を注文する。

早川は『ジョゼ三世スペシャル』、俺は『深夜ライブ』という名前のノンアルカクテルにした。

一口、飲む。爽《さわ》やかなオレンジベースの炭酸に、後味がミント風だ。名前が変な割には美味《おい》しかった。

「ユウトのも一口ちょうだい！　はいこれ」

早川が自分のコップを差し出してくる。交換するように俺は自分のコップを早川に渡してしまう。

「え、ああ」

「あー。こっちの方が美味しいかも。残念」

そう言って一口以上飲んだ俺の『深夜ライブ』を返してくる早川。

「飲まないの？」

早川の質問に、俺もそっと早川のコップに口をつける。

なんだか、味がよくわからなかった。


「あ、ジョゼ三世さんだよ！」

場内に貼《は》り出されたパネルを眺めたり、写メのスポットらしき場所で並んで記念撮影をしていると、場内が一気にざわつく。

どうやら本日の主役が登場したらしい。

俺も事前に下調べしていて顔は知っていたが、本物はより奇抜だった。

ライバーのジョゼ三世は派手な衣装の二十代ぐらいの女性。ただ、俺がネットで見た画像よりも奇抜さが上がっている。その両頰には真っ黒な星と月のタトゥーが入っているし、両手の爪《つめ》も真っ黒なネイルをしていた。

「皆さん〜。今日はジョゼ三世のオフ会に来てくれてありがとね〜。楽しんでるかな〜」

スタッフらしき人からマイクを渡されたジョゼ三世が話し始める。

特に、すぐさまジョゼ三世の周囲に集まったファンたちの反応は良好なようだ。

「いくつか、イベントも用意してあるよ〜。まずはビンゴだよ〜。みんな、スマホにＵＲＬ送ったからアクセスしてビンゴカードを手にいれてね〜」

大きめのモニターの前に立って説明を始めるジョゼ三世。そのジョゼ三世の声を合図に皆が手元のスマホを覗き込む。
「みんな、ビンゴカードの準備はいいかな～」『いいよ～』『オッケー』
ノリノリで応えるファンたち。俺も一応、アクセスしてビンゴカードを手に入れておく。
「じゃあ、始めるよ～。景品はこちら！　あと、特別賞で『ジョゼ三世と十分間別室でお話しする券』があるよ～」『うおー！』『え、ほしいっ』
「ユウト、聞いた⁉　これは、例の件を聞く、チャンスだよね！　よーし。とろうね、特別賞！」
早川も食い付きがいい。

ビンゴはスマホでやっている点を除けば、至って普通だった。順々に番号が選ばれ、モニターに番号が表示されていく。そして自分のスマホ上のビンゴカードに、その数字があれば、自動で穴が開いていくのだ。

ただ、解説や数字の読み上げをジョゼ三世がしているので、会場は盛り上がっていた。

賞品が出るのが七位までで、八位が特別賞らしい。

次々にビンゴになっていく参加者が出ていて、特別賞の八位が近づくにつれて会場の熱気も高まっていく。

「次は36番だよー。お、一人ビンゴだねー。七位だよ。賞品はジョゼ三世生写真詰め合わせだー。おめでとう～！」

ジョゼ三世から手渡しされているファン。

「ユウトユウト！　今のでリーチになったよ！」

「あ、俺もだ」

互いにスマホの画面を見せ合う俺たち。

「さあ、いよいよ次のビンゴの人が特別賞だよー。番号はこれだよー」

そう言ってモニターに、番号が表示された。

「やった！　やったよ！　ビンゴっ」

早川がスマホを掲げて喜んでいる。今にもぴょんぴょんと跳ね回りそうなぐらいだ。

スマホ画面の中のビンゴカードは綺麗に穴が並び、見事特別賞を獲得していた。

「おめでとう～。特別賞獲得のビンゴの人は係の人が行くからね～。じゃあ、みんなはしばらく歓談しててね～。次のイベントも準備するから～」

ジョゼ三世はそう告げると奥へと引っ込んでいく。

「早川――」

「行ってくるね、ユウト！」

「おう。気をつけて」

「え？　うん！」

スタッフの人らしき人物に、早川が連れられていく。俺はその後ろ姿を見送る。そして一人残された俺は、ポツンと佇《たたず》む。

「……飲み物でもおかわりするか」

独り言を呟いて俺が歩き出した時だった。

会場内に、不思議なものが見える。他のお客さんはお洒落に装った服装の人が比較的多いのだが、その気になった人物はそういった人たちとはどこか雰囲気の違った女性だった。手の甲に蟬のタトゥーが入っている。なんとなくどこかでその顔を見たことがある気もするが、思い出せない。

全身、真っ黒な衣装を着ている。こういう集まりではあるが相当尖《とが》った衣装だと言える。

そして、何より不思議だったのが、うっすらとした影がその女性の頭の後ろにぼんやりとくっついているように見えたのだ。

ただ、いつもの影を感じたときのゾクッとするような感覚は全くしない。逆にどこか、その影に懐かしさすら感じる。

不思議に思いながら飲み物を買いに俺が歩くと、たまたまちょうど目の前にその影が来る。

何の気なしにデコピンのように人差し指で影を軽く弾《はじ》いてみる。

――あ、消えた。というか、やっぱり見間違いかな。

不思議に思いながらも、まあいいかと、飲み物の列に並ぶ。少し並んで俺は再び『深夜ライブ』を二杯、購入する。

そのまま元いた場所に戻ると、ちょうど早川が戻ってきた。

「お帰り、早川。これ」

俺は『深夜ライブ』を片方、早川に手渡す。

「ありがと、ユウト」

「どうした。難しい顔して。例の件は教えてもらえなかったか?」

「うん。それもなんだけど……。なんかちょっと変なことがあって」

「え、大丈夫なのかっ!」

俺は思わず早川の全身を確認してしまう。

——怪我《けが》などは、見当たらないが。

「あ、うん。私は大丈夫なの。ジョゼ三世さんがちょっと変になったというか……」

上手《うま》く言葉が見つからない様子の早川。そうしているうちに、次のイベントが始まったのだろう。再びジョゼ三世が会場に顔を出していた。

ただその顔面は、ここから見てもわかるほど蒼白《そうはく》だ。

顔の黒い刺青と、蒼白な顔面のコントラストがくっきりと目立っていた。

【side　ハローフューチャー】

「ぐ、ギヤぁぁぁ」「せ、セリアス部長っ」

突然、未来視《ハローフューチャー》が勝手に発動する。

ユニークスキルの暴走だ。

私の周囲にいた部下たちが遠巻きに移動すると医師団が急ぎ現れ、私へポーションの静脈注射を始める。

「だめです。ポーションではバイタル、安定しませんっ」

「追加投与！　続けてっ」

周囲の雑音を消し去るように、ユニークスキルによる映像が私の脳に押し寄せてくる。

――ああ、未来が、急速に。書き換わって、いく。

――それも何度も、何度もだ。幾重にも重なり合うようにして未来が分岐と統合を繰り返していく……。

――これは、かつて一度だけ、見たことがある。時空震、だ。そうか。私は手を出してはならない禁忌を、犯してしまった。

自分では全く制御が効かないユニークスキルの暴走。医師団の投与する霊草から精製したポーションの残量が、みるみる減っていく。

通常のスキル使用時の何倍もの痛みが襲う。一度折れた骨がさらに細かく粉砕され、その欠片《かけら》で筋肉や内臓がズタズタに切り裂かれていく痛み。

私は、とうの昔に、ユニークスキル使用時の痛みに慣れたと思っていた。

しかしその認識は、甘かったようだ。いつものように無表情を維持できない。

体を、中からかき混ぜられるような激痛。私は獣のように顔を歪ませ、声の限りに悲鳴を撒《ま》き散らしてしまう。

その痛みが、ユニークスキルによる映像が、私に教えてくれる。

この痛みは、自業自得なんだよ、と。

未来を何度も書き換えている時空震の発生源。それは、黒き黒のその指の一振りなのだと、ユニークスキルの見せる映像から理解する。

すべての原因は、私が『教団』にした依頼だ。それは、とある啓蒙済みのライバーの集まりに参加する、とある少女を拉致させるという計画だった。彼女こそ黒き黒の一番身近な、少女。

その少女を手にすることが、我が国の未来の安寧へと繋《つな》がる、はずだったのだ。

依頼先の教団の宗主たるシケイドにはもちろん、ばか正直に何が起きるかなど伝えてはいない。ただ十分な報酬と、甘い言葉を囁《ささや》いただけ。私のユニークスキルを知るものは皆、私の曖昧《あいまい》な甘言を自分たちの都合のよいように解釈して踊ってくれるから。

それが、今回はその踊りも失敗に終わってしまった。それも、黒き黒の指先一つで、だ。そうして書き換えられ、生まれ出《い》でたのは、全くの未知なる未来。その未来の書き換えの余波で時空震が生じて、それに関与していた私は、このざまだ。

「ポーション、残量ゼロです！」

「バイタル、いぜん危険域ですっ」

暴走したユニークスキル、未来視《ハローフューチャー》が見せる、細切れの新たなる未来。それが走馬灯のように私の脳裏を駆け巡る。

数多《あまた》の色彩を縦に穿《うが》つ、巨大な何か。

天駆ける女性。

うり二つの顔をした少女たち。

霞《かすみ》がかかったかのように、朧気《おぼろげ》な景色の中に映るそれらは、私が余計なことをしなければ起きる可能性がなかった未来。

私を攻め立てる未来。

そのまま、私の意識は、全身の骨という骨がすべて折れる痛みに呑まれていってしまった。

（時刻は少し遡《さかのぼ》り）

【side　ジョゼ三世】

――うんうん、ちゃんと目的の人物に特別賞を当たるようにできた～。あとはお借りしたこのスマホの画像を見せるだけ～。宗主さま、誉《ほ》めてくれるかな～。

教主の端正な面差しと熱を帯びた瞳を思い出しながら、うきうきとしながら別室で待っていると、スタッフが目的の少女を連れてくる。

「こんにちは～。ジョゼ三世だよ～。特別賞おめでとう～」

――あれ、おかしいな。足がプルプルしてくる？

自身に起きる、不思議な現象。

「ジョゼ三世さんっ。いつもライブ配信見てます！　画面越しで見るより素敵です」

「ほんとに～？　嬉《うれ》しいな～。君もその格好、ダンジョン配信しているのかな」

――な、何これ？　私の体に、何が起きているの？　膝《ひざ》を。膝をつきたい。伏したい。目の前の少女に屈したくて仕方ない……。なんで、なんでよ～。こんな年下の少女に、どうしてこの私が……。

謎の欲求が急激に湧《わ》き上がってくる。それに逆らって、ジョゼ三世は無理やり立ち続けようと試みる。ここで突然跪《ひざまず》くことが、社会常識に照らし合わせて如何《いか》に可笑《おか》しいかという自覚と、抑えきれない欲求のせめぎ合い。

だらだらと全身に冷や汗が流れ始めていく。

「あ、そうなんです！　でもまだダンジョンの中で配信できたのは一回だけで。それであの、ジョゼ三世さんに聞いてみたいことがあるんです」

「な、なぁ、何かな～？」

――う。うまく舌が回らない。まるで真なる神の似姿を初めて宗主さまに見せてもらったときみたいな、胸の高鳴りまで、してきた。ああ、もう……。

ギュッと早鐘のように打つ心臓の上を掴《つか》み、ガクガクする足でそれでもなんとか立ち続けるジョゼ三世。

「黒き黒、って何ですか？　あの、ジョゼ三世さん、大丈夫ですか？　顔色が」

「だい、じょうぶよ～。それで、興味あるのかな。実はね、いいものがあるんだよ～。君だけにと、くべ、つに見せて……」

――なんとか宗主さまに言われたことだけでも果たさないと。お借りしたスマホを取り出して、画像を見せて。この娘を『啓蒙』しないと……今日は宗主さまもいらっしゃるっていう、の、に……。

スマホを片手にしたところでついに膝をついてしまうジョゼ三世。

とっさに目の前の少女が体を支えてくれる。

ジョゼ三世の背中に回された少女の腕。その腕の宝物らしき金色に輝くブレスレットがジョゼ三世に触れた瞬間、いっそう輝きを増す。

「あ、ありがとう。これを見て～？」

「何ですか？　溶けたプラスチックみたいですけど」

「えっ、あ。――あはは。――あははは」

思わずその場でうずくまり、呆《ほう》けたような笑い声をあげてしまうジョゼ三世。ついに、湧き上がった欲求がすべてを上回った瞬間だった。

少女に対して深々とこうべを垂れているジョゼ三世。

その姿勢は心底楽だった。まるでその隷属の姿勢が、自分のあるべき姿かのように感じるのだった。

【side　緑川】

「こちらコードグリーン。マーク中の『教団』宗主らしき存在を視認！　なぜ彼女が入り込んでいるの！」

変装して、潜り込んだジョゼ三世というライバーのオフ会。袖口《そでぐち》のマイクに向かって私は小声で非難をする。これでヴァイスとの触れ合いは確実にお預けだろう。

「こちらコードホワイト。済まない。監視の隙をつかれた。コードワンはハローフューチャーの手引きの存在を示唆《しさ》している。妨害は可能か」

イヤホンから流れる加藤《かとう》の謝罪の声。

――コードワン、課長はハローフューチャーの関与と見てるのね。またしても、か。これは先日のアトミックビー襲撃も、かの国の仕業と見て間違いない。厄介ね。私、あの女嫌い。

「無理よ。黒き黒に気づかれてしまう。あっ、黒き黒と接触！　な、に、これ……」

「どうしたグリーン！　ブラック、グリーンのフォローに向かえるか？」

「こちらコードブラック。無理です！　こちらも早川さんがジョゼ三世と接触しました」

目黒の少し焦《あせ》り気味の声。

「グリーン、報告を！」

「こちらコードグリーン。黒き黒によって、教団の宗主の無力化を確認」

「無力化？　一体どうやって？」

「たぶん、デコピン。それも当ててない」

「――済まない。もう一度頼む」

「だから、デコピンよ。それに何でかわからないけど、私のユニークスキルに反応があった。多分だけど、それ以外の何かを、引き起こしてるわ。……しかもこちらは問題無さそう。教団宗主は、憑《つ》き物《もの》が落ちたみたいな顔をして会場から、……今、出た」

「そちらは至急確保する！」

「み、グリーン先輩」

目黒が呼び方を間違いかける。よほど焦っているようだ。

「どうした?」

「大変です! なぜかジョゼ三世がうずくまって、早川さんがオロオロしてますです!」

「……」

「……そっちはそっちで、何が起きてるんだ一体」

「とりあえずスタッフに偽装している課員二名を踏み込ませますです」

「こちらコードグリーン。私もそちらへ向かう!」


私が目黒とジョゼ三世のいる小部屋へ踏み込んだ時には、そこはカオスだった。

幸いなことに目黒の機転で、うちの偽装したスタッフがさっさと早川さんを、ユウト君のいる会場へと送ってくれていた。

「先輩、どうしましょ、これ」

目黒の指差す先、床に這いつくばって恍惚《こうこつ》の表情を浮かべながら手には溶けたようなプラスチックを持っているジョゼ三世。

うわ言のように、真なる神の息吹がとか、屈服こそが約束の地、とか呟いているのが聞こえる。

「ジョゼ三世は教団との関与が疑われている。確保するしかないでしょ」

そこでイヤホンから課長の声。

「こちらコードワン。グリーン、このままのイベント中止は黒き黒が不審に思う可能性が高い。それだけは避けなければならない。不本意だろうが、お前にしか頼めない。緊急プランCへ移行だ。ブラックも、頼む。よき隣人たらんことを」

「コードグリーン、了解、です」『コードブラック、了解です」

「先輩……」

「良いの、一思いにやって」

偽装したうちのスタッフが、目黒の純白のスーツケースを小部屋へと運び入れてくる。

「目黒さん。猶予は三分です」

「了解です。はあ、これだけは恥ずかしいです。『目黒のミラクルメイクアップ、スタート』、です」

目黒の口にしたキーワードに反応して、純白のスーツケースが開く。中に入っていたのは純白の化粧品の数々。

目黒は自分の意思とは関係なく手が勝手に動き出した様子で、私の顔へとメイクが始まる。みるみる、私の顔が書き換わっていく。

ユウトから渡されたしおりによって目黒が手に入れたこれらは、完璧《かんぺき》な他人への偽装を可能とするアーティファクトだった。

そして、課長の言っていたプランCとは、私がジョゼ三世に成り代わってイベントを最後までこなすというもの、だ。

「緑川さん、念のため、イベント進行表です。あと、二分です」

偽装したうちのスタッフがそっと話しかけてくる。

――幸いなことに、今日はまだ幸運のお世話になっていない。なんとか乗りきれるはず。

でもやっぱり今日もヴァイスとの戯れはお預け、ね。

私はジョゼ三世に化けながら、必死にイベント進行表に目を通していった。

「終わった……。こちらコードグリーン。黒き黒の無事の帰宅を確認」

私はユウトが無事に家にたどり着くのを遠距離から確認していた。既に見た目は元に戻っていた。化粧ベースのアーティファクトらしく、化粧落としでしっかりと落ちて、見た目は元に戻るのだ。

「こちらコードワン。グリーン、ご苦労だった。グリーンの頑張りで、今日も世界は滅びずにすんだ」

課長からの労《ねぎら》い。

私は、特注品の双眼鏡をしまうと、ダンジョン公社支部へと向かう。

――ああ、帰ったら報告書の作成だ。でも目黒と加藤先輩は今頃《いまごろ》本社で、確保した教団宗主と関係者たちの聴取、かな。残業お疲れ様です。まあ、これであの教団も終わりでしょう。

頭の痛い存在の一つが片付いたのだけは、朗報ね。

ドアを開ける音で気がついたのだろう。ヴァイスがひょっと、廊下の角から顔を出してこちらを見ている。

「ああ、ヴァイスー。良い子にしてたかな」

私の声にとことこ歩いて近づいて来るヴァイス。お鼻がヒクヒクしている。

「うう、がまん。がまんよ、緑川。歴史ある色氏名の末裔《まつえい》の一人として、ここが正念場……」

思わず伸ばして抱き上げようとしたところで、バッと両手を上に掲げる緑川。

その急な動作にビクッとして立ち止まるヴァイス。

「ああ！　ごめんねヴァイス。急に動いてビックリしちゃったよね」

「ゴロゴロゴロ」

私が謝ると、その場で喉《のど》を鳴らしながらお腹《なか》を見せてくれるヴァイス。どうやら撫《な》でてほしいようだ。

——な、なんという甘美な誘惑。ああ、思わず手が出ちゃう。

ふらふらとしたところで、ハッと気がつく。

今自分が何をしようとしていたかを。

「ごめんねヴァイス」

「な～」

再び私が謝ると、腹を見せるのをやめてスタスタとヴァイスが立ち去っていく。

「ああ、ごめん、そんなつもりじゃないんだよ……」

玄関で思わず座り込んでしまう。

そこにヴァイスが戻ってくる。

「ヴァイス！」

「な～な～」

その口には真っ白な猫のぬいぐるみ。ヴァイスの玩具《おもちゃ》用に買ったものだ。

「な～」

「え、もしかして貸してくれるの？」

「なー」

「ありがとう。はぁ、ありがとうヴァイス」

私はヴァイスに触れられない分まで取り返すかのように、真っ白な猫のぬいぐるみをぎゅっと抱きしめるのだった。

▶LIVE

エピローグ

「ただいまー」

「お帰りなさい、ユウト」

オフ会から帰ってきた俺《おれ》をクロが出迎えてくれる。

「どうでしたか？」

珍しくそんなことを聞いてくるクロ。一瞬、何を聞かれたのか悩むも、すぐにはっと気づく。

「この、クロが選んでくれた服。早川《はやかわ》に誉《ほ》められたよ。ありがとうな、クロ」

どうやらそれが正解だったようだ。俺の返事に、どことなくクロから嬉《うれ》しそうな雰囲気がにじみ出ている。

「それは何よりでした」

しかし喜んでいるのを気づかれたくないのか、とても平坦な声で返事を返してくるクロ。

「服装と言えばさ。作ったブレスレットのデザイン、クロに言われてダンジョン産宝物モチーフにしたじゃん。あれ、オフ会に着てきた早川の衣装とぴったりだった。早川が『ひめたんのキュンキュンライフ』の衣装で来るって、クロはわかってたの？」

俺はちょうどいいやと、疑問に思ったことを尋ねる。

「その可能性は高いと試算しておりました」

「ほー」

俺はさすがクロだと感心する。たぶん早川が『ひめたんのキュンキュンライフ』の動画をまだクロで撮影、配信していた時の行動データとかから、どこに行くときはどの服を着ているのか計算したのだろう。

「早川もブレスレット、喜んでたみたいだったよ」

「何よりです」

「で、オフ会自体も楽しかった。会場はたぶんあれ、お酒を出す店でさ」

俺は移動しながら話を続ける。クロもついてくる。

「――ユウト、飲まれたのですか?」

「飲まない！　飲まない！　でも売ってたのが、ノンアルコールカクテルっての？　お洒落だった」

俺はあのときの事を思い出して、思わず顔が少し熱くなる。そういえば色々あって、味はよく覚えていない。俺もさすがにクロに話す内容からその部分は伏せておくことにする。

「オフ会、初めて行ったけど物販も充実してたし、ミニ企画みたいなものもあってさ。それとジョゼ三世さん？　動画よりも奇抜だったわ」

「ちなみにどこが奇抜だったのでしょうか？」

「うーんと、顔とか黒いタトゥーが入ってたし、ネイルも真っ黒で。全身、黒かったね」

「……なるほど。他には」

なぜか、特にこの話題に、食いついてくるクロ。クロもジョゼ三世さんに興味があったのかと、思い出すがままに告げる。

「ああ、早川がビンゴで当たってさ。ジョゼ三世さんとお話しできることになったんだけど、そこで、少し変だったって早川が言ってた。あんまり話もできなかったみたい。そのあと会場に出てきたジョゼ三世さん、確かに顔色が真っ白でさ。まるで別人みたいにテンション低かったし」

「まるで、別人、ですか。なるほど」

「そういや、早川には言ってないんだけどね」

「はい」

「会場にも、いたんだよね……」

「幽霊ですか？」

何が、とは言わずとも察してくれるクロ。

「そう。外で見かけたのはこれで……三回目か」

俺は見かけた、ぼんやりとした影を思い出しながらクロにオフ会後半であったことを告げる。

　ああいった影は、以前は自宅の地下室でしか見かけたことが無かったのだが、最近は外で見かける頻度が上がっている気がする。ただそれは、最近外出する機会が増えたから、かもしれない。そして今回の見かけたものは、いつもと違い全然ゾッとした感覚がなかった。

「――否定する訳ではないのですが、あまり気にされる必要もないのではありませんか、ユウト」

「そう、かな？」

「はい。いつもユウトが見かけるものも、手を振ると簡単に消えてしまうのでしょう？　今回のは、指で弾《はじ》いただけで消えたのですよね」

「うん。家の地下室だと、いつもの丸めた新聞紙で一振りするけどね。外で見かけたときはだいたいそうだね」

「であるのでしたら、もし万が一、害のあるものだとしても、ユウトからしたらとても弱い存在な訳ですよね」

「そう……かも」

　言われてみればそうかとクロの言葉に納得してしまう。俺もオカルトに詳しい訳ではないが、確かに生きている人間と体のない幽霊なら、普通に体のある人間の方が強くてもおかしくないな、と。

「でしたら、気にせずにいて、目についたら軽く手ではらえば良いのでは？」

「うーん。なんかクロに言われるとそんな気がしてきたわ」

「それよりもです。ユウトは、もっと考えるべきことがあるかと思います」

急にそんなことを言い出すクロ。

しかしそう言われても、今回は思い当たることがない。

そんな俺の様子を見て、まるでため息をつくようにして、何かを渡してくるクロ。どうやらチラシのようだ。

「夏祭り？」

「はい。ちょうど一週間後、あります」

「あー。ほんとだ。でも、場所が少し遠いね」

俺はこんなチラシどうやってクロは手に入れたんだろうと不思議に思いながら目を通す。

――外に出掛けた訳でもないだろうしな。

しかし俺のそんな疑問に答えが出る前に、詰め寄るようにして畳み掛けてくるクロ。

「ユウト、次の約束はされていないのでしょう」

誰《だれ》と、とは明言されていないが、クロの言っているのは明らかに早川のことだろう。

「いや、約束とか……。今回のだってさ、別にそういうのじゃないし」

「……」

じーとこちらを見つめるクロ。早川とよく似た面差し。

「――誘ってみるよ。ダメもとで、だけど」

「はい。それが良いかと思います」

にっこりと笑顔を浮かべるクロ。

俺は次に学校で早川に会ったとき、聞いてみようと決意を固めると、すっかり遅くなってしまった夕食の支度《したく》に取りかかるのだった。


【閑話「ダンジョン公社封印区『教団』宗主シケイドの証言記録動画」】


「はい、間違いありません」

「本名? 戸籍上の名前はありません。はい。ただのシケイドです」

動画の中の女性はとても穏やかな表情を浮かべ、淡々とした様子で話し続ける。しかしその体は拘束衣でギチギチに束縛されていた。

「素直、ですか。そうですね。今はなんだか憑《つ》き物《もの》が落ちたように、穏やかな気持ちです」

質問者の音声は記録されていない。ただ、シケイドと名乗った女性の声と映像のみ、だ。ただ、それは所々不自然な様子で、音飛びがある。

「はい、かつては探索者をしておりました。――はい。テイムスキルの一つを持っています。貴重? そうですね。テイム自体は比較的習得者のいるスキルですが、私の『霊使役《ゴーストバインド》』は少しばかり珍しいかとは思います」

　質問者の声に、ゆっくりと首を振るシケイド。

「いえいえ。とても制約が多いのですよ。そもそもテイマーは一生に一匹しかテイムができませんし。何より、レイス、ゴースト系は嫌われものですから。私も結局、探索者をやめざるをえなくなりました」

　遠くを思い出すように語るシケイド。

「テイムモンスターは必然的にネームドとなって特殊個体となりますからね。仕方のないことです」

「恨み、ですか。そうですね、今となってはとても遠い事のようですが、確かに恨みは抱いておりました。そして何人もの探索者を仕事で殺してきたのも、確かです」

　淡々と殺人の事実を告げるシケイド。

「『さまよえる黒』についてですか。もちろん私には特別な存在です。一生にたった一度だけのテイムモンスターですから。確かに、レイスをテイムしたことで手酷《てひど》く迫害は受けましたし、その事で疎んじる気持ちもなかったとは言えません。それでも絶対に私のことを裏切らないと信じられるパートナーでした。私とさまよえる黒なら、どんな任務もこなせるという絶対の自信がありました」

「黄38での任務ですか？　できるだけ深い階層のモンスターを探しておいて、後日、人をそこまで案内するというものでしたよ」

「誰かはわかりません。ええ、黄38では大化け狸《だぬき》のところへ案内しました。私が知っているのはそれだけです。赤8でも、同じです。ただ、あれは下調べの時でした。偉大なる御方へと、あいまみえたのです……」

そこで、急にうっとりとした表情を浮かべて告げるシケイド。

「そのときの感想ですか。とても複雑な感情を抱いたことは確かです。一瞬でさまよえる黒が倒された姿を目《ま》の当《あ》たりにしたのです。そのあまりに圧倒的な力。人智を超えている存在だということはもう、一目見ただけで明らかでした」

「気持ち、ですか。……そうですね、あなたは太陽についてどういった感情を抱きますか？その太陽が親しくも自らを縛り付けていたものを一瞬で焼き払った時に、何を感じますか？あなたの質問に対する私の答えは、それですね」

「具体的に、ね。良いですよ。言葉にすればとても陳腐です。圧倒的な存在への恐怖、憧憬《しょうけい》。そしてとても深い深い安堵《あんど》です。しかしその時点では、そんな感情を抱いた自分と向き合えなかったのも事実です」

「はい、次の任務にも従事しました。ただただ、その時はこの身に沸き起こった衝動をただ発散したかった。何せ不信心な人間でしたから。自らのうちに沸々と噴出する物が何か、全く理解していなかったのです。そのためにただの衝動として発散したかった。それだけです。はい、そこでも人を殺しました」

「ああ、もちろん。今ではわかりますよ。アレは偉大なる御方の、影であったと。しかし偉大なる御方に連なるものであるのは間違いない。そして、導かれたのです。いえ、どちらかと言えば祝福されたと言っても良いかもしれません。不信心な私に、悔い改めよと告げているようでした」

画面に激しく走るノイズ。音飛びも同時に起きる。

「私がさらおうとした少女、ですか。ええ。偉大なる御方のことを調べれば調べるほど、彼女が楔《くさび》となっていることは明らかでした。偉大なるそのお力を、人の身に留《とど》めていらっしゃる、最大の要因。それがまさに彼女でした。はい、私は彼女を排除するつもりでした。ええ。ハローフューチャーが並べ立てる甘言など、当然お見通しです。そう、ハローフューチャーは彼女を手にしたいようでしたね」

語る内容とは裏腹に、とても敬虔《けいけん》そうな表情を浮かべながら告げるシケイド。

「そうです。利用させていただきました。あの会に潜入し、近づくにはハローフューチャーのスキルが必須でした。はい。楔たる彼女を殺すことで巻き起こるであろう事態も理解しておりますよ」

「それこそが、神の真なる目覚めです。そのためならば、世界の滅亡などいかほどのことでしょうか？」

「そう、です。あれは三度目の偉大なる御方との邂逅《かいこう》。まさに素晴らしい体験でした。楔を外そうなどという私の矮小《わいしょう》なる試みは偉大なる御方の存在の前には、本当に無に等しかった」

何かを反芻《はんすう》するようにして、ようやくその口を開くシケイド。

「偉大なる御方のその尊き御指。あれはまさに光、そのものでした。それが、燦然《さんぜん》と伸ばされ、信心の足りない私に、世界の真の姿をお教えくださった。その時までの私の信仰など、偽りに過ぎなかった。まさに目の前を覆《おお》っていた黒い霧が晴れ渡り、物事の輪郭がはっきりと定まるようでした」

「……私はそのあまりにも甘美なる体験に前後不覚になってしまった。そうしてあなたたちに拘束され、ここに居るというわけです」

「ここですか？　ここは、神への祈りを捧げ続けるには、とても良い場所のように感じられます。我が身が朽ちるそのときまで、どこにいようとも私は一心に祈るのみです」

「偉大なる黒き黒。真なる御方よ。矮小なるこの身に相応《ふさわ》しき道をお示しくださったこと、深く深く感謝いたします」

あとがき

今作品は私の書籍化、三シリーズ目となる。上梓に際し、まずは次の方々に感謝を述べたい。

素晴らしいイラストをお描き頂いたkodamazon様。書籍化作業にあたって細やかにご対応下さるGA編集部の担当編集様。生活を常にサポートし、生きる活力でもある家族。投稿サイトにて本作を応援下さった方々。そして、この本を手に取り、あとがきまでお読み下さっている貴方へ。

さて、ここで軽く本作の執筆に至った経緯を語らせて頂こう。私はお恥ずかしながらミーハーな性質で、投稿サイトでの流行りには基本的に乗るようにしている。ちょうど前作の「辺境の錬金術師」のウェブ版を完結させ、何を書くか模索していた頃だった。ダンジョン配信物が流行の兆しを見せていた。投稿サイトで人気作を数作、触りだけ拝読させて頂き、なるほどとりあえず配信して何かでバズらせればよいのか、と書き始めることにした。私のリサーチはいつも大体こんな感じだ。そして当然、そんなふんわりと始めたせいもあってか、今作品は私が執筆した中で最難関の書き難さとなった。特に自宅をダンジョンにして主人公が知らぬままにバズるというコンセプト。こいつが、くせ者だった。

日時生活が配信されて大騒ぎになっているのに、主人公ユウトがそれを知らないのだ。なんとか作中のクロと緑川たちの努力でユウトの無自覚性は守られているが、果たしていつまでこの状況が維持できる……？　ノープロットで書いている私にも常にハラハラの執筆となった。

これはそんな難産かつ難儀な作品だ。ユウトをめぐる、この難儀な物語を少しでも楽しんで頂ければ幸いである。

ファンレター、作品の
ご感想をお待ちしています

〈あて先〉

〒105-0001
東京都港区虎ノ門2-2-1
SBクリエイティブ（株）
GA文庫編集部 気付

「御手々ぽんた先生」係
「kodamazon先生」係

本書に関するご意見・ご感想は
右のQRコードよりお寄せください。

※アクセスの際や登録時に発生する通信費等はご負担ください。

https://ga.sbcr.jp/

レアモンスター？それ、ただの害虫ですよ
～知らぬ間にダンジョン化した自宅での日常生活が配信されてバズったんですが～

発　行　　2024年3月31日　初版第一刷発行
著　者　　御手々ぽんた
発行者　　小川　淳

発行所　　SBクリエイティブ株式会社
〒105-0001
東京都港区虎ノ門2-2-1

装　丁　　AFTERGLOW

印刷・製本　中央精版印刷株式会社

ISBN978-4-8156-2318-0
Printed in Japan
GA 文庫

試読版は
こちら!

試読版は
こちら!

お隣の天使様にいつの間にか駄目人間にされていた件9

著：佐伯さん　画：はねこと

GA文庫

誕生日を迎えた周は、真昼のおかげでたくさんの変化が生まれたことを実感し、こそばゆくも幸せを噛みしめた。

真昼が生まれた日にもありったけの祝福を贈ろうと決意して、準備に奔走する日々を過ごす周。

そんな中、進路を考える時期に差し掛かった二人は、一緒に暮らす未来を思い描き、受験勉強を乗り越えようと約束するのだった。

そして待ち望んだ真昼の誕生日。特別な一日にするべく、周はとあるサプライズを用意して……。

可愛らしい隣人との、甘くじれったい恋の物語。